# अलंकृता

Flairs and Glairs
Publication House

"Alankrita"

**ISBN No: " 978-93-90416-09-7"**
**1st Edition**
Language –Hindi

**Flairs and Glairs**
**Publication House**
Regd. Under MSME Act.

---

# अस्वीकरण

यह कथा साहित्य का काम है और केवल लेखों के संबंधित लेखकों के विचारों का प्रतिनिधित्व करता है। हमारे संपादकों ने सभी लेखकों की सामग्री को संपादित करने और साहित्यिक चोरी की पूरी कोशिश की है।

इस पुस्तक के सभी राइट-अप अद्वितीय हैं और केवल इस पुस्तक में प्रकाशित हैं।

यदि कोई साहित्यिक चोरी या त्रुटि पाई जाती है, तो केवल लेखक ही जिम्मेदार होता है, और प्रकाशक या संकलनकर्ता नहीं।

**कवर डिजाइनिंग और फ़ॉर्मेटिंग**

शुभम शाह

**संपादन**

सर्वेश उपाध्याय और सोनाली शर्मा साज़

प्रिय सर्वशक्तिमान, मुझे इस एंथोलॉजी को पूरा करने में सक्षम होने के लिए शक्ति और उत्साह के साथ आशीर्वाद देने के लिए धन्यवाद। इसके अलावा, हमारे प्यारे माता-पिता, हम पर भरोसा करने के लिए, और जब भी हम चाहते हैं, हमें काम करने के लिए धन्यवाद। हमारा परिवार है जिसने आज जो कुछ भी है उसके लिए हमारा साथ दिया।

जब इस एंथोलॉजी की बात आती है, तो हम आपकी मदद और समर्थन के बिना, थैंकिंग द कोउथर्स के साथ शुरुआत करना चाहेंगे, हम इसे पूरा करने में कभी सक्षम नहीं होंगे।

वहां होने के लिए आप सभी का धन्यवाद। आप सभी को ढेर सा प्यार। आप सभी को हमारे द्वारा खड़े देखकर हमें खुशी है।

# सह-लेखक

1. शुभम शाह(संस्थापक)
2. दीपिका चौहान(संकलनकर्ता)
3. सोनाली शर्मा साज़(संकलनकर्ता)
4. सुरभि गुप्ता(परियोजना प्रमुख)
5. इशानी अग्रवाल
6. इशिका अग्रवाल
7. अभय सागर
8. सर्वेश उपाध्याय
9. सफीर भोला
10. हर्षपरीक सिंघ
11. प्रेरणा केशरवानी
12. प्रदीप केपी
13. शिखर श्रीवास्तव
14. आनंद अवाचित
15. अनिल प्रजापती
16. विवेक पाठक
17. आस्था जैन
18. स्वरूप स्वाभिमान
19. दीपक यादव
20. प्रतीक दास
21. सचिन शर्मा
22. कृष्णकांत लहंगीर
23. सूरज गुप्ता
24. कर्टिकेश्वर सिदर
25. प्रवेश शुक्ला
26. बिकास पात्रा
27. जुबैर आलम
28. यश जैन

29. श्लोक नारायण श्रीवास्तवा
30. जतिन द्वारी
31. रोहित वशिष्ठ
32. सांगवान सिंह हेमंत
33. संजय नायक
34. जास्मिन पंडा
35. करण तिवारी
36. अमन कुमार
37. हिमांशु शर्मा
38. प्रदीप शर्मा
39. सिद्धार्थ जैन
40. शादानंड दुआं
41. रितेश नायक
42. शिवम् पांडेय
43. डॉ. राजवीर अटल
44. उज्ज्वल वशिष्ठ
45. ईश्वरी मारुती वालगुडे
46. विभोर गुप्ता
47. रिचा रोहित गुप्ता
48. रोशन सोनी (रोशी)
49. परमेश्वर साहू
50. करण बोराणा
51. प्रियंका खुंट
52. राहुल कुमार गिरी
53. तान्या पांडेय
54. सुनैना सुनैजा
55. दिव्यज्योति प्रुस्टी
56. जया
57. सिमरन सलूजा
58. अवनीश मिश्रा
59. अनिकेत पाटील

60. प्रमोद सोलणकर
61. रूहानी अग्रवाल
62. नन्द बिहारी शर्मा
63. शेखर उत्तराखंडी
64. नमिता शिगवण
65. जीत ठाकुर
66. शुभम सैनी
67. सैयद अश्कार
68. नितिन जोशी
69. विशाल खंडेलवाल
70. अभय प्रताप सिंह
71. रीतु कुमारी
72. अमित दुबे
73. अमन वर्मा
74. गुंजन राजपूत
75. मन्नत
76. पुनीत कुमार
77. अभिजीत चुरेवाल
78. मान्या बजाज
79. अद्रितनया
80. रामप्रसाद लटुआ
81. जव्वाद अफजल खान
82. सुधांशु पांडेय
83. विक्कू रघुवंशी
84. कुलदीप सिंह राजपुरोहित
85. अभिषेक तिवारी
86. अनिता गुप्ता
87. प्रगति झा
88. रोहित कुमार
89. दीपक चौरसिया
90. एस एस परमार

91. अमरू दिलवाला
92. सौरभ सिंघाई
93. अनीता पाठक
94. अभिराज गौतम
95. आस्था पांडेय
96. खुशी साहू
97. नेहा झा
98. स्वाति मकवाना
99. आयुष्मान बाबा
100. दीपक अंदुरे
101. सलोनी अग्रवाल
102. प्रशांत पाण्डेय
103. मुस्कान बासलस
104. प्रीति हनुमंडला
105. रीना यादव
106. प्रतीक राज
107. सbr

# शुभम कुमार शाह

**(संस्थापक)**

शुभम शाह , ब्रांड "फ्लेयर्स एंड ग्लैयरस " के उद्यमी ।
आयोजन और सांस्कृतिक शैक्षिक पैन इंडिया में गतिशीलता के साथ जुड़ा हुआ ब्रांड है "फ्लेयर्स एंड ग्लेयरस" ।
वह 26 वर्ष का है। जिसने हाल ही में
भावनाओं को पहचानने के डिजिटल मंच में प्रवेश किया है ।
उसने पहल की है
नवोदित कवियों और आकांक्षी लेखको को मदद करने के लिए अपने स्वयं के ओपन माइक मंच और

"तीखे जज्बात" के नाम से अपने ब्रांड के तहत इच्छुक लोगों को मदद करने की ।

वह बिहार के भागलपुर शहर से वाणिज्य स्नातक हैं ।

उनका कहना है कि लेखन ने उन्हें बचपन से ही प्रतिरूपण किया है और

अब वह एक दशक से अधिक समय से लिख रहे हैं ।

दूसरी तरफ खाना बनाना भी उनका जुनून है । उन्होंने यह भी उल्लेख किया,

नई चीजों की कोशिश करना उन्हें आनंद देता है ।

जब सर से पूछा , "तीखे जाज़बात क्यों ?"

वो हंस कर बोले "अगर ज्बात तीखे ना हो तो वो जज्बात कहां" ।

मसाले सभी मिश्रित होते हैं जैसे कि उनके शब्द ।

एक महाराज , आपके लिए अपनी डिश प्रस्तुत करता है

गर्म और ताज़ा , इसका स्वाद लें, इसे महसूस करें, इसका आनंद लें ।

आप इनकी रचनाएं इनके एकल रचना "तीखे जज्बात" और 50+ संकलनों में पा सकते हैं ।

अनेक प्लेटफार्मों पर अवसरों का पता लगाने के लिए अपने जुनून के साथ , वो उत्सुकता के साथ काम कर रहे हैं ।

हम उन्हें भविष्य के लिए शुभकामनाएं देते हैं ।

INSTAGRAM

@spicy_emotions
@shubham4shah

Or via email on

shubham2shah@gmail.com

INSTAGRAM FACEBOOK YOUTUBE

@flairsandglairs
@teekhezasbaaat

WEBSITE:

https://flairsandglairs.in/
https://flairsandglairs.com/

# आधुनिक काल 1

घर से निकले थे एक नया घर बनाने को

की घर बनाने की होड़ में घर जाना ही भूल गए ।

मिला वक़्त जब खुद से मिलने का

हम खुद से ही मिलना भूल गर।

ज़िन्दगी को बेहतर बनाने की जल्द बजी मेनहम ज़िन्दगी जीना ही भूल गर ।

बचपन में हुई टेंशन की बड़े होकर क्या करेंगे।

जवानी में आए तो सोचा कि बचपन का वक़्त पोते पोतियों के साथ जी लेंगे।।

जब आया बुढ़ापा तो घर वालों ने पराया कर दिया ।

जिनके लिए गवा कर जवानी बनाया था एक आलीशान सा घर उन्होंने ही बेघर कर दिया ।

ज्यादा कमा लेंगे ये सोच कर हम खाना खाना भूल गए ।

जब आई बीमारी हम हॉस्पिटल के बिल में ही रुल गए ।।

वक़्त को वक़्त पे वक़्त ना दे पाए ।

हम सब कुछ पाने के चक्कर में खुद को ही ताह उम्र दाओ पर लगा आए ।।

# दीपिका चौहान

(संकलनकर्ता)

दीपिका चौहान एक भारतीय महिला हैं । वे हिंदी की शोधार्थी हैं ( पी. एच. डी)। १९९५ में जन्मी दीपिका ने अपने इंटरमीडिएट से ही कलम को अपना साथी मान लिया था । समाज तथा साहित्य के प्रति बचपन से ही उनका झुकाव रहा है । २ वर्ष तक वे एन. जी. ओ में भी कार्यरत थी तथा समाज के प्रति अपने कर्तव्य का निर्वहन किया । साहित्य उनके लिए सिर्फ पुस्तक तक ही सीमित नहीं है , बल्कि वे साहित्य को समाज का अस्त्र मानती हैं । इस अस्त्र के सहारे समाज में परिवर्तन लाने की एवं सही राह दिखाने की जज्बा रखती हैं ।

उनकी रुचि शायरी, कविता में अधिक रही है ।उन्होंने अपनी कविताओं के माध्यम से साबित करने की कोशिश की है कि नारी चार दीवारों के भीतर की शोभा मात्र नहीं बल्कि एक मनुष्य है जिसको मनुष्य के भांति जीने का अधिकार भी है ।

# इल्तेज़ा मेरी

इश्क़ करने को मुझसे तू भी मजबूर हो जाए,
ये जो दूरियां है दरमियान अब दूर हो जाए !

ना द्वंद्व रहे ना कोई खालिश रहे,
इल्तेज़ा अब बस तू मेरे करीब रहे ।

ना कोई गिला ना कोई शिकवा रहे,
मैं बनूं तेरा हमदम , तू मेरा मितवा रहे ।

मेरे हर एहसास का खयाल हो तुझे,
तेरी हर बात भी याद हो मुझे ।

मैं अंधेरा बनूं , तू नूर हो जाना,
आए ऐसा वक़्त मेरे इश्क़ में तुम भी चूर हो जाना ।

खो दे खुदको मुझमें तू मेरी सांसों में रवां हो जा ,
कोई निशा ना बचे जिस्म में ,मेरे ज़ख्मों की तू दवा हो जा ।
ना छुए तुझे तन्हाई कभी ,मेरा अक्स रहे पास तेरे ,
मूंद ले बस आंखें अपनी और महसूस कर अल्फाज़ मेरे ।।

# सोनाली शर्मा साज़

(संकलनकर्ता)

आप सोनाली शर्मा 'साज़' है। पेशे से मनोविज्ञान की छात्रा और एक नवोदित लेखिका हैं, साज़ का बचपन से ही साहित्य के प्रति एक अलग ही झुकाव रहा है।
हमेशा से ख़ुद की खोज जारी रखते हुए कुछ समय पहले अपनी रुचि लेखन में इस तरह पायी है कि शायद इसे अब बीच राह छोड़ देना आपके लिए मुमकिन नहीं।
अभी पेशे से एक छात्रा हैं, अतएव सीखना और पढ़ना दोनों में ही आपकी दिलचस्पी है।
साज़ कई संकलन का हिस्सा रह चुकी हैं और ख़ुद भी एक संकलनकर्ता हैं अब तक इनके तीन संकलन प्रकाशित हो चुके हैं।

# बाक़ी ख़याल

कुछ किस्से पन्नों पर बयां करना अभी बाक़ी है,
कुछ तुम्हें लिखना, कुछ मेरे जज़्बात अभी बाक़ी है।।

कभी ख्वाहिशों में क़ैद परिंदों से ख़्वाब हैं,
कभी बंजर रातों की ख़ुशनुमा तन्हाईयाँ अभी बाक़ी है।।

तुम! तुम हो, और तुम्हारी मोहब्बत में डूबा मैं,
अब तुम्हारी सुबहों में रंग भरना अभी बाक़ी है।।

कभी सोचा तुम्हें मैंने! ख़ुद से जुदा हो तुम,
लगता है जैसे ख़ुद-से-ख़ुद का मिलना अभी बाक़ी है।।

मैं भूल कर दुनिया-दारी, तेरे पहलू में आया हूँ,
अब तू सुला दे या मिटा दे, मुझे तेरा होना अभी बाक़ी है।।

कभी तुम्हारे बिना ख़ुद को सोचता नहीं! मेरा अक्स भी,
तू आईने-सा मेरे साथ, और तुझमें खोना अभी बाक़ी है।।

ख़ूबसूरत सफ़र में अक्सर हमसफ़र छुट जाया करते हैं,
पर मेरी हर चाहतों में तुम्हारा मंज़िल तक जाना अभी बाक़ी है।।

कोई फ़कीर नहीं, मैं मोहब्बत का मरीज़ हूँ 'साज़',
तुमसे पहले मौत को गले लगाना अभी बाक़ी है।।

# सुरभि गुप्ता

(परियोजना प्रमुख)

सुरभि गुप्ता पंजाब की रहने वाली हैं।
बी.काम आनर्स में ग्रैजूएट होने के बाद अब वह कानून की विद्यार्थी हैं । वह फलेयरस एंड गलेयरस पब्लिकेशन की प्रोजेक्ट हैड भी हैं । लेखिका के तौर पर वह अपना एक बेहतरीन प्रभाव छोड़ना चाहती है। विभिन्न प्रोजेक्टस की कमपाइलर और को-ओथर हैं। कानून से संबंधित मंच और लेखन क्षमता में उन्होंने अपनी पहचान बनाई है। लेखिका के रूप में खुद की किताब प्रकाशित होना उनका सपना है ।

# प्यार का इज़हार

तुम्हारी ही उम्र की हूँ
तब भी बच्चे सा रखते हो
क्या इतना प्यार करते हो
अपने हाथ से खाना खिलाते हो
भूखी रहूँ तो चिंता में पड़ जाते हो
क्या इतना प्यार करते हो
मैं जैसी भी दिख रही होती हूँ
मेरी तारीफों के पुल बांध देते हो
क्या इतना प्यार करते हो
अपनी हर ख्वाईश से पहले
मेरी ख्वाईश पूरी करते हो
हर ज़िद को सिर आँखों पर रखते हो
क्या इतना प्यार करते हो
जैसे सबने मुझे राजकुमारी जैसे रखा
वैसे मुझे अपनी रानी जैसे रखते हो
क्या इतना प्यार करते हो
जब भी मैं पूछती हूँ
कि क्या इतना प्यार करते हो
हंस कर कह देते हो
इन सब बातों से ही तो
प्यार का इज़हार करता हूँ
हाँ, मैं तुम्हें बहुत प्यार करता हूँ

# इशानी अग्रवाल

मेरी गलती या आपकी ?
क्या फर्क पड़ता है।
जिस चीज से फर्क पड़ता है वो यह है कि कोई स्वीकार कर ले और उसे जाने दे।
जितना जल्दी इसका हाल निकले उतना ही ये आसन बम जाता है।

# इशिका अग्रवाल

मेरी सबसे बड़ी शक्ति-
सभी के लिए मेरा प्यार।
ज्ञात या अज्ञात।
मेरे लिए परवाह करने वालों के लिए प्यार
और कौन नहीं?
प्यार एक मजबूत भावना है
यह लोगों को बदल सकता है।
ऐसा मेरा मानना है।

# अभय सागर

## इश्क़ तुमसे

इश्क़ तुमसे इतना खूब करने लगे हम
खुद को छोड़ तुझमें रहने लगे हम
मुलाकातें बढ़ाती रही करीबी अक्सर
प्यार तुझको फिर अपना कहने लगे हम

बेइंतहा मोहब्ब्त है तुझसे
तुझसे जुड़ा मेरा हर एहसास है
हक सिर्फ तेरा है इस दिल पे
तेरे जितना कहां कोई खास है

नींदों में तेरे ख्वाब
खुली आंखों में तेरी तस्वीर है
तू ही तू बस गई है मुझमें
जुड़ गई है तुझसे अब मेरी तकदीर है
किसी और के साथ ये एहसास नहीं आती है
तेरे बिना एक पल भी अब रास नहीं आती है
रूह से मेरी इस कदर जुड़ गई हो तुम जानां
तुमसे दूर होता हूं तो मुझे सांस नहीं आती है

तू साथ है तो सब अच्छा सा लगता है
तेरे बिन कुछ ना मुझको सच्चा सा लगता है
तू इश्क़ है मेरा , तू ही मेरी जान है
तुझसे शुरू , तुझपे ही खत्म मेरा जहान है !!"

## सर्वेश उपाध्याय

बेजान सी महफ़िल में तेरा नाम और उसमे जान आ गई,
जैसे खूब शरद भरी रात में थोड़ी तपिस आ गई,
कैसे पढू अब शायरी में,
नाम तेरा और सारे दिमाग में तू छा गई।

हाल- ए- दिल बयां करना मुश्किल हो रहा है,
ना जाने जिंदगी में ये कैसा दौर चल रहा है,
लोग कहते है प्यार में नज़रे बोलती है,
अरे जिससे प्यार हो जाए क्या कभी उससे भी नज़रे मिलती हैं।

यू तुम इस तरह अपनी जुल्फें ना हटाया करो
मेरा ध्यान तुम कुछ इस तरह न भटकाया करो,
अरे मेरी जान मुलाजिम हूं मैं तेरे इश्क का,
कत्ल करना है तो बोल दो ना,
पर तुम इस तरह ना मुस्कुराया करो।

## सफीर भोला

## गुलाब का फूल

तुम अक्सर मुझे गुलाब के फूल कि याद दिलाती हो
चेहरा नुरनी जैसे गुलाब कि मख्मली पंखुडिया
और साथ पाने क रास्ता कांटों से भरा हुआ
पर फूल ऐसा हो तो लाख कांटे मंज़ूर
नूर तेरे जैसा हो तो जहन्नुम कि सैर भी हमें मंज़ूर

# हर्षप्रतीक सिंह

सिंगार कलयुग में बहुत आम हे, हर कोई अपने आप को दुसरो से ज्यादा खूबसूरत देखने के सिंगार कर रहा हे, पहले ६०० साल पहले सिर्फ राजा की बीवी और नयी दुल्हन ही सिंगार करती थी, पर अब ९ साल के बचे को सिंगार करना हे क्यूंकि उसे अपनी फोटो सोशल मीडिया साइट पे डालनी हे, अक्सर सुंदरता बातों और विचारधारों से होती अब अब चेहरे की लाली तक रह गयी हे, पहले सुंदरता गुणों से होती थी अब सिर्फ भड़कीले कपड़ो में रह गयी हे, पहले सिंगार करना सौभाग्य माना जाता था अब मजबूर, बस अंत में यही कहना चाहता हु अगर खुद को शिंगरना हे तो धयान लगाए मन की शांति को शृंगारय, चेहरे और कपड़े अक्सर वो बदलते हे जिन्होने नाटक प्रस्तुत करना होता हे,||

अलंकृता

## प्रेरणा केशरवानी

सुरमा लगाए आँखों में,
शर्म से लाल होते हुए नज़रे झुका कर बैठी है ||

तैयार लाल जोड़े में,
अपने प्यार की अमानत होने को बैठी है ||

# प्रदीप के.पी
# खामोशी

बात ये है कि बात होती नही अब ।
दिल वही है ख्वाब , प्यार वही है
पर हां रात होती नही अब ।
बहुत कुछ मिला तुमसे मुझे .... इश्क़ , धोखा , बेवफ़ाई , तक़लिफ़े
बस बात ये है कि बहुत टूट चुका हूँ मैं अब फिर तुमसे मोहब्बत
होती नही अब,
बात ये हैं कि रात होती नहीं अब,
आंखें सुख चुकी हैं अब पहले की तरह,
आँखो से बरसात होती नहीं अब ..

# शिखर श्रीवास्तव

**(1)**

लिखी किताबो की बोली जो सुनी,
किसी की सजायी कहानी वो थी।
सोचा कुछ मन से,
एक मेरी कहानी भी तो थी,
एक मैं था और वो थी क्योंकि रानी वो थी।
शब्द उतारा जो मैंने।
जले कुछ लोग, कुछ भुने हूये से थे।
ताप उन शब्दों की शायद कुछ ज़्यादा ही थी।

**(2)**

रात एक ख़्वाब को, हक़ीकत होते देखा,
तुम्हें सोचा, तुम्हें देखा, तुम्हें चाहा, तुम्हें पाया।

(3)

नशीली आँखे और होंठ शबनमी ,.,
पी के आये हो या खुद शराब हो ,.,!!!

**(4)**

तेरी आँखों की कशिश भी खींचती है इस कदर,
ये दिल सिर्फ बहलता नहीं बहक जाने की जिद करता है।

## आनंद अवाचित
## एक लड़की है जो हर रोज मुझे ख्वाबों में मिलती है

*एक लड़की है जो हर रोज मुझे ख्वाबों में मिलती है,
संवरती है,खिलती है,हँसती है,मचलती है।

*उठाती है नज़रें फिर, शर्माकर पलकें झुका लेती है,
कुछ इस तरह वो हर बार मेरी धड़कन बढ़ा देती है।

एक लड़की है जो हर रोज मुझे ख्वाबों में मिलती है...

*उलझ कर रह जाती है वो पुराने रिवाजों के दायरे में,
मेरा नाम जब भी लेती है होंठो को दबा लेती है।

*वो कहती है मैं आईना हूँ उसका छुपना-छुपाना कैसा,
सामने जब भी आती है सारे अहसास जता जाती है।

एक लड़की है जो हर रोज मुझे ख्वाबों में मिलती है...

*ये और बात है कि वो लड़ती नही मुझसे किसी बात के खातिर,
बस उसके सिवा किसी को देखूँ तो सर पे तूफां उठा लेती है।

एक लड़की है जो हर रोज मुझे ख्वाबों में मिलती है...!
एक लड़की है जो हर रोज मुझे ख्वाबों में मिलती है ।"

**अनिल प्रजापती**

# अच्छा लगता है

मुझपर मुकम्मल हक़ जताना तेरा
बातों ही बातों में मुस्कुराना तेरा
सब भूल मुझसे लिपट जाना तेरा
बारिशों में साथ भीग जाना तेरा
अच्छा लगता है...

राही बनके मंज़िल दिखाना तेरा
रूठ जाऊ कभी तो मनाना तेरा
अपनी तकलीफों को छुपाना तेरा
नशे को नजरों से पीलाना तेरा
अच्छा लगता है...

बे-इन्तेहाँ इश्क़ लुटाना तेरा
हद-ऐ-मोहब्बत बताना तेरा
सपने अधूरे सजाना तेरा
चुप चाप सब सेह जाना तेरा
क्या कहूं कैसा लगता है।
बस अच्छा लगता है"

## विवेक पाठक

## मेरी प्रिय हो तुम

मृगनयनी, चंचल मन की
वो आकर्षण है पूरे वन की
सागर सी वो शांत रहे
जान सके ना कोई उसके मन की

कोयल सी चहचहाती रहती
फूलों सी महकाती रहती
संतों सा स्वभाव है उसका
सबके वो कष्टों को हरती

चले धीरे धीरे हवा सी वो
घिर घिर आए जैसे घटा सी हो
इन्द्रधनुष के सब रंग है उसमे
महके किसी गुलाब सी वो
गंगा सी निर्मल हो तुम
गागर के शीतल जल सी हो
मुख पर सदा मुस्कान जो रहती
हां, मेरी प्रिये हो तुम"

# आस्था जैन
## मेरी जान

वो वो है जो प्यार से मुझे जानेमन बुलाता है,
वो वो है जो मेरे एक आइसक्रीम खाने पर मुझसे पुरे एक दिन तक बात नहीं करता ,पता है क्यों?
क्योंकि उसे पता है मुझे ज़ुकाम है और अब मैं तीन दिन तक अपनी छींक से घर सर पर उठाने वाली हु |
वो वो है जो अपने से पहले मेरे लिए दुआ करता है,
वो वो है जिसे मेरी पढ़ाई की टेंशन मुझसे ज्यादा होती है,
वो वो है जिसने आज तक हर कदम , हर मोड़ , हर रास्ते पर मेरा साथ दिया है |
कुछ ऐसा ही है वो ,
थोड़ा  प्यारा सा ,
थोड़ा गुस्सैल सा ,
थोड़ा अलग सा है वो |
उसने लंबे से लंबे रास्ते तय किये है मेरे साथ |
उसने बड़ी से बड़ी मुश्किल में दिया है मेरा साथ |
उसने खुद को तोड़ लिया ,पर मुझ पर एक आंच नहीं आने दी|
लड़ गया पूरी दुनिया से वो मेरे लिए ,
तो क्या गलत बोलती हूँ मै जब कहती हू ,वो दुनिया है  मेरी वो मेरा रिदम है ||

# स्वरूप स्वाभिमान
# मेरे ब्लैक & व्हाइट जिंदगी

मेरे ब्लैक & व्हाइट जिंदगी मैं
तुमने रंग भार दिए.
मैं रह चुनने की सोचा
तुमने हमसफर बना दिए
सोचा ना था साथ दोगी
तुमने हमे ही जिंदगी बना लिया||

## दीपक यादव
## प्रेम ओजस

कब से खड़ा है,
तेरे आंगन की फू लव़ारी में
स्वपन तततली उतर रही है,
तेरी अर्खध लु ◌ी
न य न स मु न प र
सवेरे की ओस
क़ा
मैं मोती
बंद हं ◌ू
तेरी
हृदयमट◌ु ठीमें.

## प्रतीक दास
## खास अबसोस

अब गेहरा होता अंधेरा, चांद भी है ढ़लती
दिया के साथ साथ, अब मौम भी जलती,
बरसो किया बिलम्ब, अब मेरी है ये बिनती
दूरियाँ मिटा अब, भूल जा सारी गलती,

पास आ, वो ऐसे गले आ मिली
जैसे में बसंत,और वो फूल की कली ,
कौन लोग,बात क्या , ना मेरी भी चली
पास आओ और भी ,वो इशारों से बोली,

सिने से लग कर , वो प्रेम में रोई
ना होश उनको, ना मुझे होश कोई
कतरा कतरा में बिखरा, जगा जगा वो छुई,
होठ से मिलाके होठ , गर्मी जब लाई
कामना की बासना, सोच बिबस्त्र हुई ,

साथ हम साथ तुम,सिर्फ लिखना ही सही
क्या हुआ और क्या नहीं ये हिसाब भी नहीं,
बात बस बोलूं की बात मानना एहि
प्रेम है तुम से बस, और किसीसे नहीं,

रैद सी उस पल को, हाथों में तुम थाम लो
जोर से नही धीमे से, सांसो की तुम जाम लो ।
है कैद जो दरिया, उसमें तैर जाने दो
बरसात की मौसम में ,बादलों जैसा काम दो । "

# अलंकृता

# सचिन शर्मा

तेरे चेहरे से मासूमियत  झलकती है,
देखकर दिल में खलबली हो जाती है, १

मुस्का के  तू जो मुझसे बात करती है,
ना जाने क्यों  मेरी चुप्पी बन्ध जाती है,२

तेरे  बदन का  ना जाने कैसा सबब है,
हाथ लगाते  ही  कपकपी आ जाती है,३

तू लबों में किल्पदबाकर बालबनाती है,
तेरे  चेहरे  की  खूबसूरती  बढ़ जाती है, ४

तेरे  माथे  की  छोटी  सी काली बिंदियाँ,
हर  वक्त  मुझे  पागल कर  जाती  है, ५

तेरे  नैनो  की  बातें कब  तलक  कहूँ,
देखता  हूँ  तो  खुद  में  डूबा  जाती  है, ६

तेरे  चकोर  मुँख  को  जो  निहारु  मैं,
पलकें झपकना आँखें गुनाह मानजाती है, ७

तू  सादगी  से  भरी  एक मधुशाला  है,
मैं  इस  मधुशाला  का  हमेशा  प्यासा हूँ!! ८

## कृष्णकांत लहंगीर

## क़ुबूल है.

बोलने को बहुत कुछ है
फिर भी जब मिलते हैं...
मैं तो चुप ही रह जाता हूँ
लेकिन वो तो बुलेट ट्रेन हैं मानो
बस बक.. बक... बक
पर सुनने में सुकून भी तो मिलता है
कई दिन  गुजर गए...
आज फिर बैठे हैं उस विशाल आसमान के निचे
जो हर किसी को अपना लेता है...
जो आज तारों सा जगमगा रहा है
ऐसा कि किसी ने बल्व ही लगा दिए हो हमारे स्वागत में
उसके बगल में बैठा हूँ पर मानो गुमनाम हूँ
परेशान भी हूँ कि वो भी कुछ नहीं बोल रही
बोलने की हिम्मत तो मेरी भी कहाँ है
क्या बोलुं.. कैसे बोलूं
किस हक़ से बोलूं
अचानक बादलों का दिल को चिरता एक तारा गिरने लगा
और मैंने झट से आंखें बंद कर ली...
पलट कर देखा..
उसके होटों पर एक हल्की सी मुस्कुराहट थी
ये देखकर मैंने भी मुस्कुरा दिया..
ऐसे ही कुछ न बोल कर
मेरी निगाहों को पढ़कर वो सब समझ गयी
बस देखते ही देखते मेरी दुआ कुबूल हो गयी....

# सूरज गुप्ता

## ग़ज़ल

बारीक हुस्न देखा तो आसमान में था,
थी बात उस समय की मैं इम्तिहान में था|

नजरें चुरा रही वो मेरे करीब आने से,
बस फासला ही कुछ अपने दरमियान में था|

अब और ही निकट आता जा रहा हुँ मैं वो,
हाँ मात्र स्पर्श से उसके मैं उफान में था|

उसने दिया लबो को मेरे लबो ही पर रख,
फिर और मैं मजे से उनके जुबान में था|

जुल्फ़ें, कमर, नज़र भर करके तराशता मैं,
कुछ और देर में मैं उनके ही कान में था|
सारा बदन लहू जैसे लाल हो रहा है
अब कान छोड़ उनकी मदहोश रान में था|

आगे बता नही सकता और कुछ कहानी,
गुल है अगर तिरी सूरज गुलसितान में था|

## अन्नू नेतम
## पहला खत

अरसा बीत गया उस शाम को,
आज भी मुझे याद है,
कितनी खूबसूरती से कहा था तुमने कि, तुमसे प्यार है।

बरसात का मौसम था कुछ ऐसे ही शाम थी,
मेरे दोस्त ने कुछ दिया शायद मेरी मोहब्बत की पैगाम थी।

खोलकर देखा तो खत था, लिखती है तेरी मोहब्बत से मैं अनजान थी।

अब लगा कि तू ही मेरी मोहब्बत, तू ही मेरी जिंदगी, तू ही मेरी पहचान थी।

# प्रवेश शुक्ला

(1)

जो दूर से ही फेंकता हूं पुष्प प्रेम के ,
पढ़ लेना किताब तुमसे फिर जवाब चाहिए।।

आती हो खयालों में मेरे जान लो सनम,
मुझको तो बस तेरा शबाब चाहिए।।

तुमको अगर देख कर भटक कभी गया,
मुझको तो तेरा बस वही रुआब चाहिए।।

मुझको तो तुमसे बस गुलाब चाहिए,
एक दो नहीं तुमसे तो बेहिसाब चाहिए।।

# बिकास पात्रा

तुझसे नाराज़गी कैसी, जो मैं तुझे दर्द दूँ,
तुझसे नाराज़गी कैसी, जो मैं तुझे दर्द दूँ,
नफ़रत की-जंग में क्या रखा है, आ तुझे प्यार दूँ,
अरे! तुम दोस्त की बहन हो तो क्या हुआ,
आ जाओ मोहब्बत से तुम्हें सीने से लगा दूँ।।

## **जुबैर आलम**
## **तेरी झील सी आँखों में**

तेरी झील सी आँखों में डूब जाने को जी करता हैं,
लौट न सकूं इतनी गहराई में जाने को जी करता हैं,
न जाने आखिर क्या बात है तेरी नज़र में ए ज़ालिम
अपनी ज़िन्दगी कुरबान कर जाने को जी करता हैं,||

## यश जैन

## यूं तो देखे हे हंसी चेहरे कई

यूं तो देखे हे हंसी चेहरे कई,
पर उनके जैसी सादगी दिखी नहीं ।

पसंद हे उन्हें अपनी तारीफ़ सुनना,
पर हमें तारीफ़ करनी आती नहीं ।

वो संग हे मेरे हर पल हर घड़ी,
पर ये बात वो कभी जताती नहीं ।

मासूम दिल की वो सक्सियत हे,
पर इसका एतबार कराती नहीं ।

यूं तो देखे हे हंसी चेहरे कई,
पर उनके जैसी सादगी देखी नहीं ।"

# श्लोक नारायण श्रीवास्तवा

मांग में सिंदूर भर के,
हर सुबह गले लगाना तुम।

गले में मंगलसूत्र डाल के,
हर रोज़ यूंही अपनाना तुम।

सोलाह श्रृंगार जब तुम्हारे नाम का करूं,
मुझसे आ कर लिपट जाना तुम।

जब तुम्हारे नाम की माला जपने लगूं,
हर रोज़ यूंही अपनाना तुम।

हाथों में मेरे जब चूड़ियां खनके,
उस छन - छन को दिल से लगाना तुम।

अनामिका में मेरी मुंदरी पहना कर,
हर रोज़ यूंही अपनाना तुम।

पहली रात मुझे निहार के
सात जन्मों का वादा करना तुम।

मुझ में मिल जाना इस क़दर कि
मेरे अंदर ही समा जाना तुम।

## जतिन द्वारी
## तेरा साथ

चाँद से चांदनी चुराकर,
तेरी मुखड़े को सजाया है।

गुलाब से खुसबू निचोड़ कर,
तेरी जुल्फ़ों को भिगोया है।

जुगनू से चमक मांगकर,
तेरी हंसी को बुलाया है।

मेरे इबादत में मोहर लगाकर,
रब ने तुझसे मिलाया है।

# रोहित वशिष्ठ

## आदंज ऐ कत्ल

निकलो जब घर से तो पैरों में पायल और आँखो में काजल लगा लेना ।
ऐ""अजनबी ""कोई पूछें जो तुमसे हमारे कत्ल का तरीका,
तो आपनी आँखों का काजल और पैरों की पायल दिखा देना ।

## खुदा की कुदरत

जुलफे काली और आँखे मतबाली है ।
हँसते हँसाती आज कुदरत निहारी है ।
खुदा ने बनाया है उसे यूँ सब रस घोल के ।
"ऐ अजनबी " ऐसी खुदा की बनाईं मुरात पर हम बलिहारी है।

-

## मृगनैयनी

खुद हमारी आँखो को आपनी आँखो से जाम पिलाके , वो मुझे मदहोश करती है ।
फिर कहती हैं वो मृगनैयनी हमसे , ऐ "अजनबी " होश में रहा करो हमसे आँखे मिलाने के बाद ।

# सांगवान सिंह हेमंत
# मेरे साथ हो तुम

कभी अहसासों को मन ही मन गुनगुनाता हूं
कभी मैं तुझे अपने गीतों में गाता हूं
कभी अपनी धड़कनों को शब्दों में पिरोता हूं
लेकिन मैं शायर नहीं, मैं सिर्फ तुझे लिखता रहता हूं।

किसी रात चांदनी को आंखों में भरता हूं
किसी दिन सावन की हरियाली के बीच होता हूं
किसी पतझड़ की सुबह में वसंत महसूस करता हूं
लेकिन प्रकृति से नहीं, मैं सिर्फ तुझसे प्यार करता हूं।।

कहीं बादलों के साथ बूंद बन कर गिरता हूं
कहीं हवा के साथ बहकर निकल जाता हूं
कहीं समुद्र की लहरों में गोते लगाता फिरता हूं
लेकिन सुकुन नहीं, मैं तुझे ही ढूंढने निकलता हूं।।।

# संजय नायक

# क्या प्यार काफ़ी है

रिश्तों को खुशहाल बनाने में क्या प्यार काफ़ी है?
प्रश्न उठता है कि इससे ज़्यादा हमें चाहिए भी क्या
वास्तव में रिश्तों को मज़बूत बनाने की भूमिका तो
कोई और अदा करता है, वो है आपका आपसी सम्मान।

यकीनन आपके बीच रिश्तों में ठहराव रहता है
समय के साथ काफ़ी गहरा होता जाता है
क्योंकि सम्मान ही प्यार की मर्यादा मापता है
एक दूसरे के प्रति सच्चा एहसास जगाता है।

रिश्तों  में चाहे कितना ही प्यार क्यों ना हो
कुछ अतिरिक्त ज़रूरतें भी पनपती रहतीं हैं
अगर ज़रूरतें सम्मान के जरिए पूरी ना हो
तो वो अक्सर बेजान होकर टूट-सी जाती हैं।

# जास्मिन पंडा
# मिलन दो प्रेमियों का

श्रृंगार कर रहीं हैं आज प्रेमिका
अपने उस पागल प्रेमी के लिए,
लौट रहे हैं वो आज विदेश से
जलाए हृदय में प्रेम के दीए!!!

आज होगा दो प्रेमी का मिलन
अपेक्ष्या नहीं हो रहा है अब,
समय जैसे रुक - सा गया है
मोहब्बत की उन यादों में तब!

कुछ अनोखा-सा एहसास है ये
प्रतीक्षा जितनी बढ़ती जाती है,
हाय! श्रृंगार ख़तम ही नहीं होता
बेचैनी भी उतनी ही होती है!!!
प्रेमी भी आतुर, प्रेमिका तत्पर
समय जो मिलन के पहले का,
अद्भुत है वो इश्क, वो प्यार
स्पंदन रुक जाता है दोनों का!

उस श्रृंगार रस का पान करके
हुआ मिलन प्रेमी प्रेमिका का,
खुश रहें सदा वो दो पागल प्रेमी
रहे सदा आशीर्वाद ईश्वर का!
रहे सदा आशीर्वाद ईश्वर का!!
रहे सदा आशीर्वाद ईश्वर का!!!

# करण तिवारी
## श्रृंगार रस

मनमोहन सी भींगी खुशबू उसकी,
बालो में उसके खो जाता हूं...

अब लोरी की जरूरत नही पड़ती,
मैं नाम लेकर उसका सो जाता हूं..

जो रूठ जाए वो मुझसे कभी,
उसे मनाने के लिए तो मैं रो जाता हूं..

हर बात मैं उसकी सुनता हूं,
उसके नाम से हर रोज एक नई कहानी बुनता हूं..

मैं तो प्यार में उसके पागल हूं,
उसकी पायल की छमछम से हो जाता घायल हूं..
रूप देख कर तो उसका चाँद भी शर्माता है,
एक दफा जो देख ले उसको उसका होकर ही रह जाता है..

बारिश में अगर वो छत पर आ जाए..
तो फिर उसके आगे इंद्रधनुष भी फीका पड़ जाता है..

आंखों में उसकी देखता हूं तो,मुझे सारा जहान नज़र आता है..
वो जो निकले बाज़ार कभी तो,सारा शहर उसी बाज़ार में नज़र आता है..

और कितना लिखूं मैं तारीफ़ में उसके,हर शब्द तो उसके आगे फीका पड़ जाता है..

## अलंकृता

बस ये दिल  है मेरा जो मानता नही,जब भी याद आती है उसकी कलम लेकर बैठ जाता है..

कितनी दफा पूछा हूं दिल से मैं,तेरा उससे आंखिर क्या नाता है..
हर बार कहता है,करोड़ो के बीच में हर बार एक वही पसंद आता है..

# अमन कुमार
# प्रेमी प्रेमिका

हर मौसम लगे सावन सी, जब तुम होती साथ हमारे,
सुगन्धित पुष्प सी महकती, जब तुम होती पास हमारे,
प्रेम तुम्हारा सागर सी गहरी, जब झांकु नयन तुम्हारे,
नीले अम्बर में लालिमा छायी, जब देखुँ चेहरा तुम्हारे,
मुझे हर बेरंग रंगीन लगी, जब आंचल लहराएं तुम्हारे,
पूर्णिमा की चांदनी लगे काली, जब तक ना देखुँ मुख तुम्हारे,
बारिश का आनंद अनुभुति होती, जब झटकते बाल तुम्हारे,
प्रेम श्रृंगार जब तुम करती, दिल के तार थिरकते हमारे,
लिख रहा खत संयोग की, तब पढ़ चले आना पास हमारे,
सर्वव्यापी हो तुम आवाज आती, याद करते समक्ष नजर आती हमारे,
हर मौसम लगे सावन सी, जब तुम होती साथ हमारे,
सुगन्धित पुष्प सी महकती, जब तुम होती पास हमारे ||

# हिमांशु शर्मा

मौसम सुहाना,शाम मस्तानी और वो मेरे सामने,
नज़रे पड़ी उनपे तो मानों समाँ ठहर सा गया, ईश्क़ का फ़ितूर
मुझपे चढ़ सा गया !1!

पहले नज़रें मिली, फिर शर्माहट सी हुई -दिल मे हल्की सी इश्क़
की आहट सी हुई!२!

बातें हुईं, बातें बढ़ी, मिलने का समाँ नज़दीक आने लगा,
हमारा इश्क़ और गहराइयों में उतर सा जाने लगा!३!

और फ़िर वो मुक्कमल रात- अधूरे ख़्वाब- और वो झुमके मे' "
कितनी खूबसूरत है ना"
नज़दीकियां बढ़ी और मैं उसकी बॉहों में फ़ना हो गया,
मानों ऐसा लगा "जन्नत" की वादियों में कहीं खो गया!४!

दुनियां ने हमें बदनाम बहुत किया, लेकिन ये इश्क़ है साहब इसने
ना कभी मुझे टूटने दिया, ना कभी झुकने दिया!५!

आज भी यार वही प्यार वही दिलदार वही||

## प्रदीप शर्मा

कभी हँसाती,कभी रूलाती,
नित अपने नए रंग दिखलाती,
हरपल है इसका बडा ही रोचक,
तभी तो ये जिंदगी कहलाती।
कभी कुछ और कभी कुछ,
ना जाने कितने सबक सिखाती,
अगला ही पल होता रहस्यमयी,
तभी तो ये जिंदगी कहलाती।
कभी प्यार और कभी उदासी,
ना जाने कितने भाव सिखाती,
होता इसमें रसो का अनुभव,
तभी तो ये जिंदगी कहलाती।

# सिद्धार्थ जैन

## संयोग

चेहरा यूँ हर कोई रास नहीं आता
तुम तो एक दीदार में पसंद आए हो
ये बात संयोग तो नहीं।
यूँ हर कोई मेरे लिए कृष्ण नहीं बनता
मैं किसी के लिए राधा नहीं होता
ये बात संयोग तो नहीं।
यूँ हर किसी के संग मुझे बदलना नहीं आता
तुम्हारे संग मैं अलग ही बन जाता हूँ
ये बात संयोग तो नहीं।
यूँ कभी जल भी इतना शीतल नहीं रहता
तुम्हारे स्पर्श में कोई अनोखी बात रही होगी
ये बात संयोग तो नहीं।
तुम्हें तकते ये आखें कभी नाराज नहीं होती
तुम्हें बताते कोई बात बेकार नहीं होती
ये बात संयोग तो नहीं।
यूँ ही हर शख्सियत इतनी खास नहीं होती।
यूँ हर कविता बेनकाब भी नहीं होती।

# शादानंड दुआं
# प्रेम मुलाकात

मैं चुप शांत अकेला खड़ा था
सिर्फ पास रहते नदी में तूफान था
फिर नदी को खुदा जाने
क्या ख्याल आया

उसने तूफान की एक पोटली सी बांधी
मेरे हाथों में थमाया

और हंस कर कुछ दूर हो गया
हैरान था

पर उसका चमत्कार ले लिया पता था कि इस प्रकार की घटना
कभी सीढ़ियों में होता है

लाखों ख्याल आए
माथे में झिलमिलाए
पर खड़ी रह गया कि उसको उठाकर
अपने गांव में कैसे जाऊंगा ?

मेरे गांव के हर गली छोटा
मेरे गांव के हर छत नीचे
मेरे गांव के हर दीवार चुगली

सोचा कि अगर तू कहां मिले
तो नदी की तरह
हंस छाती पर रखकर
हंस दो किनारों की तरह हंस सकते थे

## अलंकृता

और नीचे छतों
और छोटे गलियां
के गांव में बस सकते थे
पर सारे दोपहर तुझे ढूंढती बीती
और आग का मैंने
आप ही घूंट पिया

मैं चुप सांता अडोल खड़ा था
सिर्फ पास बहते नदी में तूफान था।

# रितेश नायक

(1)

ऐसा क्या बोलू की तेरे दिल को छू जाये,
ऐसी क्या दुआ मांगू की
तुम मेरी हो जाओ,
तुम्हे पाना नहीं, मेरा हो जाना
मेरी मन्नत है,
ऐसा क्या कर दू की मेरी मन्नत
पूरी हो जाये !

–

(2)

तुमसे मिलने से पहले
मैं उस मोहब्बत से अनजान था,
जो मोहब्बत मेरे लिए मंजिल थी,
पर तुमसे मिलने के बाद
मुझे वो मोहब्बत मिली,
जिस मंजिल का मुझे इंतज़ार था...

# शिवम् पांडे (शिवरेर)
## चौथ-ए-चाँद

चौथ-ए-चाँद-आब-ए-चश्म दीदार हुआ
हुस्न-ए-ख़ंजर नोक कलेजे के पार हुआ

सिलसिला-ए-कफ़न ओढ़ चुगलिया होती
दहर-ए-गुरूर ऐसा की फिर एतबार हुआ

चंद आमदनी जोड़ी थी, तौफे के लिए
इख़्तियार, इज़्तिरार, इक़रार इनक़ार हुआ

जिसे आवाज दे रहे हम तो नहीं है वो
अनसुना भी बुलावे का कर्जदार हुआ

चाँदनी मुँह छुपाने लगी तारे टूट गिरने लगे
फ़ितरत खुदगर्ज़ इसांनी ख्वाब नाचार हुआ

# डॉ. राजवीर अटल

(1)

ज़िन्दगी सब्र के अलावा कुछ भी नहीं है
मैंने हर शख्स को यहाँ
खुशियों का इंतजार करते देखा है...

कहानियाँ कुछ यूं भी अधूरी रह जाती है,
कभी पन्ने कम पड़ जाते हैं,कभी स्याही सूख जाती है!

## उज्ज्वल वशिष्ठ

एक तुम्हारे होने से था अपना ये घरबार
आ जाओ ना लौट के प्रियतम मेरे मन के द्वार

तन्हाई ही तन्हाई है जीवन की राहों में
भटक रहा हूँ इधर उधर अब दर्द लिये आहों में
तुमसे हैं सब सुख जीवन में,तुम बिन सब बेकार

घर के दीवारो दर खिड़की सब ही तुम्हें बुलायें
याद तुम्हें करके गमलों के पौधे भी मुर्झायें
कैसे फूल खिलें खुशियों के तुम बिन आखिरकार

राम लला जब पहुँचे गंगा केवट तब हर्षाये
केवट ने श्री राम , राम ने केवट पार लगाये
बीच भंवर से मेरी नैया करवाने को पार

सीता जी पर इक धोबी ने झूठे दोष लगाये
प्रभू राम से स्वयं युद्ध को राम के बेटे आये
प्रेम सत्य है, सत्य अमिट है, झूठा है संसार"

## ईश्वरी मारुती वालगुडे

बातों ही बातों में पता नहीं बात कब बढ़ गई
दोनों एक साथ थे और शाम हो गई....

शाम का वो नजारा भी हमें रास ना आया
आपके सामने सब फीका जो पड़ रहा था.... ||

## विभोर गुप्ता
## वो लड़की

भूरी सी आँखें और भूरे से बाल लिए
वो लड़की है शख़्सियत कमाल लिए
चेहरे से देखो तो लगती है शांत मग़र
आयी है मन में हजारों सवाल लिए
ना कानों में पहने है झुमके
ना आंखों में लगाए है काजल
वो लड़की देखो फिर भी
बनाये है दिलों को पागल
मैं देख रहा हूँ उसको बस एक ही ख्याल लिए
आयी है वो लड़की  शख़्सियत कमाल लिए
गोरा है बदन और काले कपड़े वो पहने है
सादगी और मुस्कान उसके यहीं दो गहने है
कमर तो है जैसे शिकारी कोई जाल लिए
आयी है वो लड़की शख़्सियत कमाल लिए ||

# रिचा रोहित गुप्ता
# सजदा- तेरे प्यार में'

याद है मुझको, हमारी वो मुलाकात
जब एक अजनबी से
तुम्हारी प्रेमिका बन गई थी मै।
क्या बदला है तब से अब तक
सिर्फ देह से देह की ही तो दूरी थी
मेरा अंतर्मन तो तुमसे तभी जुड़ गया था
जब उस अंधेरी रात, डर के मारे बंद मेरी आंखों, और कांपते हुए
अधरों को चूमने की बजाए
तुमने मेरे करीब आकर मेरे गालों पर बिखरी लटों को अपनी
अंगुलियों से हटाया था
और पूछा था मुझसे
तुम ठीक हो?
बस एक उसी लम्हें से शायद बेइंतेहा चाहने लगी थी मै तुमको
और करने लगी थी इंतज़ार
अपनी देहरी और देह को सजाए
लाज़ शर्म का आंचल ओढ़े,मचलता सा बालपन और कोरे कागज़
सा मन लिए
तुम्हारी प्रेमिका से अर्धांगिनी बनने का।

और जब तुम आए तो लगा
जैसे जाड़ों में खिल गई हो मखमली धूप सी
जो देती है सिर्फ सुकूं, तन और मन दोनों को।

जानते हो ना तुम, यूं तो सांसें पहले भी चल रहीं थी मेरी
पर जब तुम आए तो लगा
जैसे उदासी के भंवर में मिल गई हो एक नई उम्मीद सी

## अलंकृता

और अनजानों की इस भीड़ में सज गई हो अपनों की कोई महफ़िल भी।

ओ साथी मेरे, इसके आगे क्या कहूं नहीं जानती मै
बस एक चाहत है, कि आने वाले हर पल में
तेरे उस साथ के, उस प्यार के सदके जाऊं मै

तुझ जैसा जो शख्स मिला है मुझको नसीबों से
अब आरज़ू है यही कि तेरी रूह तक में उतर जाऊं मै।

## रोशन सोनी (रोशी)
## जब अपनी ख़ातिर सजती हो

जब अपनी ख़ातिर सजती हो
तुम कितनी अच्छी लगती हो

मेरी ख़ातिर सजना अब क्या
तुम मुझको यूँ ही जचती हो

मैं शीशा हूँ जिसके कोने
बिंदी बनके तुम छिपती हो

तुमसे बाहर मैं क्या देखूँ
सब दिखता है, तुम दिखती हो

लिखना जिसपे राधे राधे
मोहन की तुम वो तख़्ती हो
तुमसे दो बातें क्या कर ली
अपनी सी तुम अब लगती हो

क्या चंदा तुम से है रौशन
ये जलता है तुम दिखती हो

मुझको 'रोशी' भाते हो तुम
कहने से क्यों ये डरती हो ||

## परमेश्वर साहू

तु जरा सी कम खुबसूरत होती,
तो भी बहुत खुबसूरत होती |

जहां कनहइया को ना मिला अपना प्यार,
मुझे कैसे मिलेगी अपने यार |"

कया फायदा ईतनी तेज़ बारिश की,
जो कागज की नाव पर लिखा मेरे चीठि को मेरी मोहब्बत तक ना पहुंचा सकें।

ये जीदगीं माना की तू बहुत खुबसूरत है , मगर उसके बिना नहीं,
उसे बात करते करते आज पता नहीं चला की कब सुबह हो गयी

वह दिया लगाने अपनी आँगना में आयीं,
लेकिन  घर मेरे उजाला होने लगी |

उसे बिछड़े तो ये एहसास हुआ की, मौत भी कोई चीज़ है
जिंदगी तो वह थी, जो हम उनके साथ गुजर आए |

## करण बोराणा

आसमान ने बदला रंग
जंगल भी हो लिया उसके संग

तितली ने किया कब्ज़ा फूलों पर
कोयल ने कब्जा किया संगीत पर

तेज़ हवाओं ने सभी की नींदे उड़ा दी
जंगल पूरा सोया था बारिश ने बूंदे गिरा दी

उड़ पड़ी चिड़िया बनाने को अपना घर
एक एक तिनका जोड़ लिया चोंच भर

पागल जो कहां उसे कुछ टिड्डों ने
उनको धर चपत उड़ गई वो फिर अब्र में

मेहनत का मिला उसे पूरा पूरा फल
तेज़ बारिश भी नहीं गिरा पाई हौसला फिर

ये सिलसिला चलता रहा दिन रात
जब तक बन नहीं गया उसका घर
घोंसलों में सोयी वो फिर मस्ती से रात भर

# प्रियंका खुंट
## तुम मिले

तुम मिले जैसे उदासी को ख़ुशी मिली.!
तुम साथ चले जैसे राही को मंज़िल मिली.!

तुम मिले जैसे ख़्वाब को हकीकत मिली.!
तुम मिले जैसे फूलों को खुश्बू मिली.!

तुम मिले जैसे हर सवाल को जवाब मिले.!
तुम मिले जैसे हार को जीत मिली.!

तुम मिले जैसे चाँद को चाँदनी मिली.!
तुम मिले जैसे सूरज जो किरण मिली.!

तुम मिले जैसे दिल को धड़कन मिली
तुम मिले जैसे मोत को जिंदगी मिली.!

## राहुल कुमार गिरी
## एक और दफा

मेरे हर दिन की शुरुआत हो तुम
और ढलता सूरज भी,
तेरे साथ हि देखना है मुझे
हर बार की तरह,
तुम्हें एक और दफा
प्यार करना है मुझे...।

मेरी जिंदगी का एक अहम हिस्सा हो तुम
और उन हिस्सों के कुछ खास पल भी,
तेरे साथ हि देखना है मुझे
हर बार की तरह,
तुम्हें एक और दफा
प्यार करना है मुझे...।

तू रहे रूबरू हर वक़्त मेरे पास
जो तू ना हो, तो अधूरा सा है मेरा संसार,
खुदा से की हर दुआओं में,
मैंने मांगा है तुझे
हर बार की तरह,
तुम्हें एक और दफा,
प्यार करना है मुझे...।

# तान्या पांडेय

## हमारी राष्ट्र भाषा हिन्दी को सलाम

पड़ने लगती है पियूष की शिर पर धारा।
हो जाता है रुचिर ज्योति मय लोचन-तारा।।
बर बिनोद की लहर हृदय में है लहराती।।
कुछ बिजली सी दौड़ सब नसों में है जाती।।
आते ही मुख पर अति सुखद जिसका पावन नामही।। इक्कीस
कोटि-जन-पूजिता हिन्दी भाषा है वही

एक डोर में सबको जो है बाँधती वह हिंदी है, हर भाषा को सगी बहन जो मानती वह हिंदी है। भरी-पूरी हों सभी बोलियां यही कामना हिंदी है, गहरी हो पहचान आपसी यही साधना हिंदी है, सौत विदेशी रहे न रानी यही भावना हिंदी है।। तत्सम, तद्भव, देश विदेशी सब रंगों को अपनाती, जैसे आप बोलना चाहें वही मधुर, वह मन भाती, नए अर्थ के रूप धारती हर प्रदेश की माटी पर, 'खाली-पीली-बोम-मारती' बंबई की चौपाटी पर, चौरंगी से चली नवेली प्रीति-पियासी हिंदी है,बहुत-बहुत तुम हमको लगती 'भालो-बाशी', हिंदी है।। उच्च वर्ग की प्रिय अंग्रेज़ी हिंदी जन की बोली है,वर्ग-भेद को ख़त्म करेगी हिंदी वह हमजोली है, सागर में मिलती धाराएँहिंदी सबकी संगम है, शब्द, नाद, लिपि से भी आगे एक भरोसा अनुपम है, गंगा कावेरी की धारा साथ मिलाती हिंदी है, पूरब-पश्चिम/ कमल-पंखुरी सेतु बनाती हिंदी है।

# सुनैना सुनैजा
# पहली मुलाकात

छम छम करती मोरनी की चाल
लगा सोलवा साल ,
कॉलेज में एंट्री,
और टकराई तुम्हारे साथ,
पुस्तके ,चाबी, वही छूटी ,
नैनों में तुम्हारे मेरी अड़ गई खूंटी!

देखते ही देखते हैं पता ही नहीं चला,
कब दूसरे लेक्चर की होगी घंटी!
उंगलियों को जोड़कर जब बजाई तुम ने चुटकी,
माथे पर रखा हाथ और वहां से भागी वह युवती!

इसी बात पर दो पंक्तियां हो जाए:
शरमाई ,इठलाई, पहली बार मिलने आई,
कलियां यू महकी जैसे हमने गुलकंद खाई!!"

## दिव्यज्योति प्रुस्टी

## हम - तुम

तारों की छावों में
ठंडी हवाओं में
तन्हा रास्तों पर
साथ चलेंगे हम - तुम ।

चांदनी के साए में
महकती फिज़ाओं में
हाथों में हाथ लिए
साथ चलेंगे हम - तुम ।

खामोशी की धुन में
हसरतों की सादगी में
संग मरने का जज्बा लिए
साथ चलेंगे हम - तुम ।
धडकनों की महफ़िल में
जज्बातों के साज़ पर
उल्फत की नगमों में
साथ झूमेंगे हम - तुम ।

मचलती धडकनों को
सुलगती सांसों को
अधूरी ख्वाहिशों को
दिल में लिए
साथ चलेंगे हम - तुम !!

# जया
# कभी-कभी किस्मत कितना मजबूर कर देती है

कभी-कभी किस्मत कितना मजबूर कर देती है...
न चाहते हुये भी दूर कर देती है,
अपनों की उम्मीदें हम तोड़ नहीं सकते,
मर कर भी हम तुझे छोड़ नहीं सकते,
हर हाल में तेरे पास रहेंगे,
चाहे जितनी भी दूर रहें, हर पल याद करेंगे,
हर याद आंखों को नम कर देती है...

कभी-कभी किस्मत कितना मजबूर कर देती है...
दुआओं के सिवा तुझे कुछ दे नहीं सकते,
चाहकर भी तेरे हो नहीं सकते,
मुझे याद करके कभी आँसू न बहाना,
दूर हो जायें हम, तो हमें भूल न जाना,
तेरी हर बात होठों को ख़ामोश कर देती है...
कभी-कभी किस्मत कितना मजबूर कर देती है...
हम तो किसी से कुछ कह नहीं सकते,
हँसने की कोशिश तो बहुत करते हैं, पर हंस नहीं सकते,
तुम अपना ख़्याल रखना, तो हम खुश रहेंगे,
हर पल साया बनकर तेरे साथ चलेंगे,
तेरी याद हमें तन्हा कर देती है...

कभी-कभी किस्मत कितना मजबूर कर देती है...

# सिमरन सलूजा

## ख्वाब कोई बन जाना तुम

ख्वाब कोई बन जाना तुम, मै रात सुहानी बन जाऊंगी ,रखना तुम कृष्ण सी छवि , मै मीरा दीवानी बन जाऊंगी
होगा जब मिलन दिन ढले हमारा ,बातों बातो में भुला देंगे जग सारा ,रूठ जाने पर मेरे ,राजा बन कर मनाना तुम ,मै दिल तुम्हारे की रानी बन जाऊंगी
ख्वाब कोई बन जाना तुम, मै रात सुहानी बन जाऊंगी, रखना तुम कृष्ण सी छवि, मै मीरा दीवानी बन जाऊंगी
कुछ किस्से हमारे होंगे ,कुछ होंगे हमारी प्रीति के , कुछ बातें होंगी इस पल की कुछ होंगे किस्से आपबीती के , किताब तुम मेरी बन जाना ,मै तुम्हारी कहानी बन जाऊंगी
ख्वाब कोई बन जाना तुम ,मै रात सुहानी बन जाऊंगी , रखना तुम कृष्ण सी छवि , मै मीरा दीवानी बन जाऊंगी ||

## अवनीश मिश्रा

## एकतरफा मोहब्बत

सपना मेरा तू हकीकत भी तूही
तेरे बिन एकपल भी बीते नही
कैसे कहूँ तुझसे दिल की बातें मेरी
सोंचता हूँ बोलूँगा कल पर हिम्मत होती नही
पूरी दुनिया को पता है तू ही है चाहत मेरी
पर मेरे जज्बातों क्यूँ तू समझती नही
मुश्काये तू ऐसे जैसे जन्नत लगे
दिल करे बस मै देखूँ मुखड़े तेरे
मोहब्बत मोहब्बत तू ही है मोहब्बत मेरी
भले दुनिया कहे इसे इक तरफ़ा ही सही ||

## पहली मुलाकात

उनसे मेरी पहली मुलाकात मे
मैंने सब कहदिया दिल के जज्बात मे
सरमा के उनकी नजर झुक गई
मेरे दिल में अचनाक से हलचल हुई
वो भी बैठे रहे हम भी बैठे रहे
नैनो से नैनो के तार जुड़ते गए
हमारे दरमियाँ कुछ न बाकी रहा
जो भी दिल मे था नैनो से सब कह दिया
वो भी हमे गजब के वादे किये
अगले जनम तक बस तेरे हुए
उनके वादे भी सीमित वहीं तक रहे
एकपल भी न मुझपे भरोसा किये ||

## अनिकेत पाटील
## हम तुम्हे देख लेते हैं

कभी आसमां मे चाँद ना दिखे तो हम तुम्हे देख लेते हैं,
हम बडी आसानी से चाँद मे भी तुम्हे देख लेते हैं,

कभी आँखो मे काजल देख लेते हैं,
तो कभी बातों मे गेहराई देख लेते हैं,

गर लगायी लाली तुम्हने होंठो पर
तो हम ऊसमे भी मुस्कान देख लेते है,

गर बाँधे तुम्हने जुल्फे तुम्हारे
तो हम ऊसमे तुम्हारा जमीर देख लेते हैं,

गले मे पेहने गर तुम्हने गहने और मोती
तो हम उसमें भी चांद सीतारे देख लेते हैं,
देख लिया गर श्रृँगार तुम्हारा तो
हम उसमें तुम्हारी सादगी भी देख लेते हैं..

हम बडी आसानी से चाँद मे भी तुम्हे देख लेते हैं....!

**प्रमोद सोलणकर**

# तुम जैसी

श्वेत वस्त्र परिधान कर अंग-अंग छलकाये,
मृगनैनों से घायल कर जो मन-मन महकाये,

अर्श से उतरी काया जिसकी दर्पन भी जल जाये,
मनभावन जी प्रीत-पिया की दिल का रास रचाये,

मुक्त छंद से गुलशन घुमे गुल भी जो शरमाये,
बादल भी झुक जाये तेरी आभा जब दिख जाये,

मैं बेगाने सुरज जैसा तुम हो शीतल चाँद के जैसी,
मन को मेरे मोह लिया चाहत मेरी दूँआ के जैसी,

दामन मेरा सागर जैसा तुम हो उसमें मोती जैसी,
माला बनाकर पहनलूँ उसे चमक रहे हिरे जैसी,
आस बची हैं तुम हो मेरी नींद में मेरे ख्वाँब के जैसी,
मिलना हैं रोज जो तुमसे तुम हो किसी पल के जैसी,

तुझे लिखना ही तो हैं हरदम क्या से क्या कर जाये,
मिलाकर काफियाँ दोनो का गजल पुरी हो जाये..!

## रूहानी अग्रवाल
## एक ऐसा रिश्ता

नहीं चाहिए महलों में रहने वाला,
नहीं चाहिए हीरों का हार !
एक ऐसा चाहिए
जो हाथ थामकर,
कंधे से कंधा मिलाकर,
दुनिया की महफिल भुलाकर ,
चल दे ज़िन्दगी के सफर में साथ मेरे !

कुछ ऐसा रिश्ता हो हमारा
दूर होके भी दूरियाँ ना हो !
मिल जाये वो
तो मिल जाये दुनिया मेरी,
उसकी बाहों में पूरा जहान बसाकर,
भूल जाऊँ ज़िन्दगी के सारे दुख मेरे !
हर एक साँस कर दूँ नाम तेरे,
जिस पल तू ना हो थम जाएँ सांसेँ मेरी !

# नन्द बिहारी शर्मा
# तेरा साथ मेरा श्रृंगार

तेरा साथ ही मेरा श्रृंगार,दुनिया को बतलाऊं यार।
पाकर तेरा ही प्यार, लिखने लगा हूं बातें दो चार।।

भले रहूं दूर मैं तुमसे, सच कहूं उदास हूं तन मन से।
रहते तुम सदा खयालों में,करता बात तेरी जन जन से।।
चित्त भी पुल्कित रहता सदा,पाकर तुम जैसा उपहार।
तेरा साथ ही मेरा श्रृंगार......

किया था जो तुमसे मिलकर,हर वो वादा याद रहा।
संभाला दिल हमने भी,मिलन का जो मोहताज रहा।।
बस कुछ दिन की है बात,फिर बनेगी अपनी सरकार।
तेरा साथ ही मेरा श्रृंगार.....

## शेखर उत्तराखंडी

## अनुकम्पा

प्रेम स्वर्ग से निकलता
उजियाला है
ये विभिन्न जीवो में मोह,
माया सहित
करुणा, दया और भाव
आलोक करता है

ईश्वर की यह अनुकम्पा
निशांत है
शक्ति, जीवन को सरल,
अतुल्य बनाता है
ज्ञान प्रकाश, चीज़ों से
बोध कराता है

प्रेम,अंधियारा जग को
उंजियारा है ||

## नमिता शिगवण
## तुम्हारी हँसी

तुम्हारी हँसी दिल पे कुछ ऐसे छा गई..
जैसे किसी भटके मुसाफिर को उसकी मिल राह गई,

उस हँसी के कोहरे कुछ इस तरह छाने लगे..
जैसे रूठा हुआ यार फिरसे दिल लुभाने लगे,

तुम्हारी हँसी ओस की वो बूँद है
जो फुलों पर गिरके उन्हे चमकाने लगे..
जैसे बुझे हुए चिराग फिरसे झिलमिलाने लगे,

तुम्हारी हँसी की खनखनाहट मुझे अब तरसाने लगी..
बंद आंखों से भी बस तू ही नजर आने लगी।

## जीत ठाकुर
## जब उनसे कहीं टकरा जातें हैं

आज भी हम जब उनसे
कहीं टकरा जातें हैं
हमारी साँसें रुक सी जाती है
हमारी नज़रें उन पे थेर सी जाती है
मानो उस एक पल के लिये
समय रुक सा गया हो
सब कसूर है
उनकी बेहद नशीली आँखों का,
और उनके खूबसूरत चेहरे का
जिन्हे देख कर हम सब भूल जातें हैं
कहना तो बहुत कुछ चाहते हैं
मगर उनका दीदार होते ही
हमारे अल्फाज़ कहीं खो से जातें हैं,
और हम आज भी खुद को
वहीं खड़ा पाते हैं
जब भी हम कहीं उनसे टकरा जातें हैं||

# शुभम सैनी

लबों की तब्बसुम से शबों की महफ़िल आब है
आँखे छोटी है बेशक़, मगर दीद ज़ेर-ए-आब है

साँवले रंग में तीखे नक्श की दिए जा दा जो
रुखसार सुर्ख लाल तेरे इक लम्स से बेताब है

लॉन्ग नाक की का जो ज़िक्र करूँ, है तनिक सी
देख तुझे, करे मदहोश ये लॉन्ग है की शराब है

कानों के झुमके छिपे तेरी ज़ुल्फ़ों के पीछे में
गर्दन घुमाकर नाराज़गी बताना ये कैसा हिसाब है

हल्की सी झुकाकर शर्म ओ ह्या से भरी नज़रें तेरी
ये कैसा हिज़ाब है ये तेरी उम्र का कैसा शबाब है

## सैयद अश्कार

## किस नाम से पुकारूं

कान्हा, कृष्ण, कन्हैया किस नाम से पुकारूं
सावरे तेरे इस रूप को ही निशदिन में निहारूं

मोर मुकुट बंशीधर मनमोहक रुप है साधा
बंशी की मधुर तान पर सुधबुध खोई राधा

चितचोर मेरे ए नंदकिशोर वाणी है अति न्यारी
ऐसे मोहक रूप पर जाऊँ में बलिहारी||

# नितिन जोशी
# राधाकृष्ण वार्तालाप

(राधा)
तू नटखट मैं सावरी सुन मेरे मनमीत
मैं श्वेत किरण घनश्याम तू अद्‌भुत अपनी प्रीत

(कृष्ण)
तू गगरी है प्रेम की तू चँदा मैं चकोर
रुप तेरा मन में बसा देखुँ मैं चहुँ ओर

(राधा)
रुप मिले तुझको मेरा रूप मैं तेरा पाऊँ
तू बन आना राधा और मैं कृष्ण बन आऊँ

(कृष्ण)
तू मुझ मे खोई रहे मैं तुझ मे खो जाऊँ
राधे तू मुरली बने मैं गगरी बन जाऊँ ||

## विशाल खंडेलवाल
## झुमका

तेरे कानो का वो झुमका
जब उस सूरज की रोशनी मे चमकता है

मेरी दिल की धड़कन बढ़ा देता है
वो कुछ कातिल सा कर गुजरता है

उसके बाद एक नई कहानी तेरे झुमके
और मेरी आँखों के बीच शुरू हो जाती है

बस मेरी धड़कन फिर रुक सी जाती है
और तू ये झुमके रोज पहन कर चली आती है

चल अब चले उस झुमके के बाजार मे
जहाँ तू अपना दिल छोड़ आती है
या फिर खोल दू एक दुकान एक झुमके की
जहाँ तू रोज झुमके लेने आती है

क्या पता चल पड़े ये करवा तेरे झुमके मेरी आँखों के बीच जो चल
पड़ा है कभी ना खत्म होने के लिए

अभय प्रताप सिंह

# दफ़्तर, धड़कन और वो चाय

सुस्त दफ़्तर के दिनों की बात थी,
चाय के दुकान पर पहली मुलाक़ात थी !

दफ़्तर के उस कोने में बैठी पर मेरे बहुत वो पास थी,
सबके लिए माल पर मेरी तो जज़्बात थी !

फिर क्या धीरे से ही सही पर मेरी वो शुरुआत थी,
लिपस्टिक लगे चाय के कप को छूने की अब आम बात थी !

थोड़ी नशीली सी थोड़ी शर्मीली सी उसकी मुस्कान थी,
अब मत पूछो कैसी वो एक तरफ़ा मोहब्बत मेरी जान थी !

लिफ़्ट में पेंच लड़े और पार्क में हाथ पकड़े,
बस वही समझलो हम दोनों प्यार में ऐसे जकड़े !

लॉक्डाउन में पल पल उसकी जो कमी सतायी है,
यारों क्या बताऊँ कैसी नशीली दवाई मैंने खायी है !

सहेज रखे हैं बहुत से लम्हे इस शहरबंदी के दौर का,
जब शहर खुलेगा तो शोर मचाएगा मेरा प्यार ज़ोर ज़ोर का !

मुलाक़ात क्या हो गयी उस कजरावाली नैनों से,
क़तरा क़तरा सा पिघलने लगा हूँ मैं !

## रीतु कुमारी

## आपको एहसास हो जाए

क्या लिखूं ऐसा कि आपको एहसास हो जाए
आप मेरे लिए कितने ख़ास हो
ये जानना आपके लिए भी तो ज़रुरी हो जाए

क्या लिखूं ऐसा कि आपको एहसास हो जाए
आँखों ही आँखों में बात हो जाए
न तुम कहो न मैं कहूं बस बाहों में रात हो जाए

क्या लिखूं ऐसा कि आपको एहसास हो जाए
चंद शब्दों में ये बात सुलझ जाए
इन झुकि पलकों से ही दिले इज़हार हो जाए

क्या लिखूं ऐसा कि आपको एहसास हो जाए
मुझसे मोहब्बत आप को हो जाए
आप मेरे हो और ये दिल भी आप का हो जाए

क्या लिखूं ऐसा कि आपको एहसास हो जाए
इस तरह आँखों में बासा लूँ आपको
आप कभी न दूर जा सको कुछ ऐसा हो जाए

क्या लिखूं ऐसा कि आपको एहसास हो जाए
मै हो जाऊं आपकी और आप भी मेरे हो जाए||

**अमित दुबे**

# अज्ञात प्रेमिका

मेरे मन के गाँव को,ह्रदय के सुनी ठाव को
तू हौले से चली आती है ,ले अपने कोमल पांव को
तू पग हौले हौले धरती है ,तू डगमग डगमग चलती है
तू चपल ,चंचल मृगशावक सी,तू बातें प्यारी-प्यारी करती है
जब जब तु चली आती है ,बिन सावन वर्षा होती है
तेरे गीले गीले केशो मे ,ये सारी प्रकृति खोती है
खो जाता है मेरा अंतर्मन ,तेरे रूप भंवर के जालो मे
रस यौवन का सब पीता मे,तेरे नैनो के मदिरालय से
ज्यों ही तुझे पाने को बढ़ता,निद्रा तभी खुल जाती है
समस्त रचना मेरे स्वप्न की,एक पल मे घुल जाती है
नहीं पाता फिर मे पास तुझे ,पर मिलने की है आस मुझे
कहीं किसी पल ये भी होगा ,जब तू यूँही चली आएगी
मेरे मन के उस गांव को ,लिए अपने कोमल पांव को ||

## अमन वर्मा

मेरे पिया आ मुझ को ओढ़ ले
तू खुद पे ज़रा।
मेरी मोहब्बत के नशे में,
इतना डूब जा।
बांहों में लिपट कर करदे तेज़
धड़कन को ज़रा,
होंठो से मेरे दिल को पढ़ ले ,
और अपनी सांसों को भी
मेरे नाम करदो ज़रा,
हमें सकूं दो सीने से लगा कर ज़रा,
हम टूटे आकर तेरी बांहों में
तुम भी टूट जाओ आकर
मुझ में ज़रा,
आ आराम दूं मैं तुमको
अपनी बांहों में लेकर ,
क्योंकि बरसो से था तू थका ,,
पलकों पर रात लेकर पूरी जिंगदी
प्यार दे दूं तुम्हे मैं ज़रा,,
आ मेरी मोहब्बत में,
इतना डूब जा,,
की मेरे प्यार के नशे में
खुद को भी भूल जा,
आ पिया खुद पर मुझ को तू
ओढ़ ले ज़रा।

# गुंजन राजपूत

## मीत जब तुम साथ होते हो

मीत मेरे तुम जब साथ होते हो मेरे
मैं प्रेम की भाषा में सब कह जाती हूँ
तुम जब बाँधो अपनी बाहों के बंधन में मुझे
मैं तटिनी की मानिंद वहीं बह जाती हूँ
विहग बन तुम्हारे प्रेमगगन में, मैं ऊँची उड़ान भरती हूँ
मैं अपनी दुनिया अपना मान प्रिय तुम्हारे नाम करती हूँ
तुम्हारे प्रेम पयोधर में, मैं दामिनी बन चमकती हूँ
तुम्हें सजा माथे पर अपने मैं बिंदी जैसे दमकती हूँ
मीत तुम्हारी साँसों की गर्मी में, मैं खुद को सेक लेती हूँ
दर्पण छोड़े अरसे बीते तुम्हारी आँखों में खुद को देख लेती हूँ
मीत तुम्हारे साथ कई बरस दो पल के जैसे बीत जाते हैं
मीत हमारे प्रेम व्योम में नभचर प्रेम के गीत गाते हैं ||

# मन्नत

खुली आंखों से देखा एक ख्वाब  है तू,
मेरे अधूरे पन को पूरे करने का एहसास  है तू
क्या लिखूं तुझ पर अरे मेरी जान
इस गुमनाम हस्ती की पहचान  है तू।

सावन की पहली बरसात  है तू
मेरी अंधेरी जिंदगी में उजाला  है तू,

मेरी मायूसी ,मेरी उदासी मेरी हर चोट का इलाज  है तू

क्या लिखूं तुझ पर अरे मेरी जान
मेरे मायूस लबो पर अचानक से आयी मुस्कान  है तू

मेरे प्यार ,मेरी रूह ,मेरे जिस्म का हकदार हैं तु
और क्या  कहूं तुझसे,मेरे जिस्म में बसी जान सा है तू

## पुनीत कुमार
## सुन मेरी राधा

प्रेम से कहता हूँ सुन मेरी राधा
प्रीत की डोरी से तूने है बांधा

तेरे बिना मेरा जीवन है आधा
मैं तेरा कृष्ण और तू मेरी राधा"

# अभिजीत चुरेवाल

## सोचा न था

जिनके ईद-ज़िद बसा ली थी हमने जिन्दगी सारी,
वह यू जिन्दगी के बीच चला जाएगा,
सोचा न था ।

जिसे हर सुबह और रात सोचा करते थे,
वह मेरे दिन का फासला ही मिटा जाएगा,
सोचा न था ।

जिसे अपने नाम से भी पहले लिखता था,
वह मेरे नाम के होने का मतलब ही मिटा जाएगा,
सोचा न था ।

जिसके सहारे लड़ते थे सारी दुनिया से,
वह ही हमसे लड़कर चला जाएगा ,
सोचा न था ।

यू तो सीखा ही न या उनके बीना जिना हमने ,
पर वो यू जिने पर मजबूर किए जाएगा ,
सोचा न था ।

यू तो बेवफा देखे हे हमने और भी,
पर वो बेवफा हो जाएगा,
सोचा न था ।

## मान्या बजाज

## आज फिर वो

आज फिर वो कुछ  पुरानी तस्वीर नजर आई है,
फिर से तेरी याद आई है ,
वो लहराते हुए बाल,
जैसे बादल की कोई घटा छाई है,
वो तेरी काजल से भरी आखें,
जैसे कुछ कहना चाहती हैं,
वो तेरी बिंदी,
जो नाजाने क्यूँ,
तेरे चेहरे पर एक अलग ही चमक लाई है,
वो तेरी मुस्कान,
जैसे किसी की हंसी लौटादे,
वो तेरी कानों की बाली,
जैसे कह रही हो कहानी,
तेरी वो मीठी सी आवाज,
जैसे सुरों का हो साथ,
तेरा वो आखों का झपकाना,
जैसे कह रही हो दिल की बात,
उस लाल साड़ी में,
तुम चलकर जब मेरे पास आई,
जैसे मेरी जिंदगी खुशियों से भर आई,
खुश हूँ कि तुम उस पल मेरी जिंदगी में आई,
बस तभी से खुशियां है छाई।

# अद्रितनया

करते होंगे सब हीर राझें की मोहब्बत,
मुझे तो शिव सती वाली मोहब्बत निभानी है,,
जला ले जो खुद को बस उसकी इज्जत के लिए,,,
और जला दें जो दुनिया को इक उसकी अस्मत के लिए,,
मुझे ऐसे फितरत वाली मोहब्बत निभानी है,,
ले जो हर जन्म बस रंगने उसके रंग,
मिले ना मिले वो हो ये किस्मत के करम,
पर मिटा दे जो मोहब्बत के हर भरम,,,
साथ बिताकर बस एक जन्म,,
मुझे ऐसी शिद्दत वाली मोहब्बत निभानी है,,
करते होंगे सब हीर राझें की मोहब्बत,,
मुझे तो शिव सती वाली मोहब्बत निभानी है,,,!!!

# रामप्रसाद लट्टुआ
# प्रेम रास

चाहे प्रेम करू, या पिऊ दारु,
नशा तेरे ही है,
चाहे तुझे चाहूं, या कोई और,
वज़ह तू ही है।

मनन के मस्ती कहो, या रूहानी की राज़,
प्रेम के होना ही है ख़ास,
जिस्म की आग कहो, या जवानी की जोश
सब है प्रकृति की रास।

कलियां फूल खिले, और भौंरा सरमा रहे,
ऐसा कंही होता है क्या?
बोतल भरा पड़े, और नशेड़ी देखता रहे,
ऐसा कभी होता है क्या?
प्रिया की प्राण डोले, और प्रेमी सोता रहे,
ऐसा कभी होगा ही ना।

ए जीते शबाब, और पीते शराब,
नहीं करते कोई, कोइ भी चुनाव,
चाहे जो भी पीले, गिरना ही पड़े,
चाहे जो भी जिले, नाचना ही पड़े।

मीरा की थिरकती पायल से पूछो,
दीवानगी क्या होती है,
राधा के आंसूओं की आहट से पूछो,
समर्पण क्या होता है।
प्रेमी की पदचिन्ह जहां सीने में नाचे
प्रेम रास वंही होता है।

# प्रेम प्रतीक्षा

सुन्दर सुहानी, सौरभ गौरव,
बहके वारिधी, महके मंदिर।
मधुर शहद, मोहक मोहिनी,
लहके लहरी, चहके चांचर।

चुम्बन चर्चित, ओश्ठ अधर,
कंपित तनमन, काम बिह्वल।
पुष्पित उपवन, प्रेम प्रशांत
चंचल चितवन, चाहे अनंत।

स्वप्न स्मरण, स्निग्ध सिहरण,
सुस्थ समीरण, प्रसन्न परिमल।
क्षणिक खैरात, तनिक सैराट,
जागे जबरन, मांगे मधुबन।

दूर दरख़्त, चुप चाहत,
खामोश खलिहान, मदहोश मरुद्यान।
भूख भागवत्, सुख सोहबत,
प्रेम परिणाम, प्रतीक्षा अभियान।

## जव्वाद अफजल खान
## तू मेरा क्या है

तू मेरा क्या है यह किसी को खबर भी नहीं
यार तुझ सा कोई जमीन पर भी नहीं

हमारा सफर ए जिंदगी है तवील बहुत
जो वक्त साथ गुजरा वह मुखतेसर भी नहीं

औरों को झूठा नजर आता है यह ताल्लुक
यूं ही फना हो जाए कमजोर इस कदर भी नहीं

तेरे दिल में है बेपनाह मोहब्बत जो मेरे लिए
मैं सादा इस कदर के इस बात की खबर भी नहीं

तू इस कदर बेशकीमती है मेरे लिए
किसी भी शख्स के नजदीक जितना मालो जर भी नहीं
यह छोटी सी रणजीशे तो प्यार है जव्वाद का तेरे लिए
करे जो तुझे मुझसे जुदा ऐसी कोई कबर भी नहीं ||

## सुधांशु पांडेय

## तुझे नज़रों के सामने रखने की कोशिश करता हूं

आँखें खुले तो छवि तुम्हारी होनी चाहिए,
अगर करे बंद तो सपना तुम्हारा आना चाहिए,
हम तो हर रोज़ मरने के लिए तैयार है
बस कफ़न के बदले दुपट्टा तुम्हारा होना चाहिए,

तुझे नज़रों के सामने रखने की कोशिश करता हूं,
तुझे कोई चुरा ना ले मुझसे इस बात से डरता हूं,
तुझे नज़रों के सामने रखने की कोशिश करता हूं,

खुश तो बहुत हूं फिर भी डरता हू,
तेरा दिल ना बदल जाए इस बात से डरता हू,
इसीलिए तुझे नज़रों के सामने रखने की कोशिश करता हूं,

तुमसे बातें करके मानो एसा लगता था
की ज़िंदगी कितनी खूबसूरत है
ना तो किसी बात का दुख दर्द था,
और ना ही इस अकेलेपन का एहसास है,

इसलिए तुझे नज़रों के सामने रखने की कोशिश करता हूं,
बस अपने नज़रों के सामने।।

## विक्कू रघुवंशी
## ज़िन्दगी के नखरे हजार

यहाँ ज़िन्दगी के देखे है नखरे हजार,
मैन देखा है एक नही सौ सौ बार,
लोग कहते है इसके दिन बस चार,
जिया नही जिसने वो इसे कहते बेकार,
प्यार में जो टूटा है दिल तो रोया न कर यार,
तेरे अपने भी तुझसे करते है बेसुमार प्यार,
जो भी होगा अब उसे मिल कर देख लेंगे यार,
तू एक बार फिर जीने के लिए हो जा तैयार,
यहाँ ज़िन्दगी के देखे है नखरे हजार,
मैन देखा है एक नही सौ सौ बार।

## कुलदीप सिंह राजपुरोहित

## प्यार क्या है

प्यार एक खुशनुमा एहसास है, जीने का प्रयास है।
प्यार भावनाओं का अनावेश है, आत्माओं का समावेश है।।

प्यार में थोड़ी सी तारीफ पर तुम्हारा यूं माथे पर काजल लगा जाना ही...
यूं मेहंदी पर चुपके से मेरा नाम लिखवा जाना ही...
तुम्हारा मंदिर में धागा बांधना और मेरा दरगाह पर शीश नवाना ही...
यूं मुस्कुराना और नज़रें बचा कर चले जाना ही..
बस यही प्यार है।।

मोहब्बत अहसासों की पावन कहानी है,
सावन की घटा और चाय की उबलती प्याली है।
वो तुम्हें लिखे खत और उसे पहुंचाने की रवानी है,
वो गुलाब की पंखुड़ी पर पड़ी स्वाति बूंद का पानी है।।
प्यार एक शक्ति है,
मीरा की वो भक़्ति है।
प्यार एक अहसास है,
रूह की हर एक सांस है।।"

## अभिषेक तिवारी

## तुम

महफ़ूज़ था तेरे जुल्फो के साए में
करीने से जो उनको संवारा
हो गया मै पागल आवारा
अब ना दिन की रीत है
ना रात की प्रीत है
तेरी नथुन का सब खेल है
मेरा मन दिल चैन सब रेल है
ऐसे ना बेगाना कर
ऐसे अफसाना ना कर
एक ही दिल है मेरा
मान रख उस पगले को
हो चुका है अब तेरा ||

## अनिता गुप्ता

## साथ

पहली बारिश और सौंधी मिट्टी की
खुशबू जैसा तुम्हारा साथ,
किसी अनजान चलते राही को
राह दिखाता तुम्हारा साथ,
एक डूबते हुए सूरज
और क्षितिज- सा तुम्हारा साथ,
रेगिस्तान की तपती धूप में
किसी प्यासे की प्यास बुझाता तुम्हारा साथ,
सफेद कोरे कागज़ और
नीली स्याही- सा तुम्हारा साथ,
इस उलझन सी भरी ज़िन्दगी को
सुलझाता तुम्हारा साथ।

## प्रगति झा
## प्यार की आश

जिसके आने का मुझे , आश  है,
आंखों में ना जाने कौन सी प्यास है,
ये इश्क़ तो, खट्टी मीठी एहसास  है,
दो दिलो को जो एक कर दे, इसमें वो प्यार भरी मिठास है।"

# रोहित कुमार
# प्यार बरसाती है

वो प्यार जब बरसाती है,
हर मौसम में बारिश की बूंदे गिराती है,
स्वप्न में भी दिल खोल के हँसाती है,
और ज़ोर-ज़ोर से इस दिल को धड़का देती है।

वो प्यार जब बरसाती है,
नई साड़ी पहन के बालों में गजरा लगाती है,
साज-श्रंगार, काजल और इत्र से घर महकाती है,
और खुशी-खुशी सारे काम शीघ्र निपटाती है।

वो प्यार जब बरसाती है,
घर, आँगन रोशन कर देती है,
स्वादिष्ट भोजन बना के सबका दिल जीत लेती है,
और फ़िर अकेले में हाथ पकड़ दों मीठी बातें बतलाती है।

# दीपक चौरसिया
# मुलाक़ातों की यादें

मिलते हैं अजनबी की तरह दोनों
देखते हैं अजनबी की तरह एक दूसरे को दोनों
व्यक्त करना चाहते खुद की भावनाएं दोनों
पर यह संसार रूपी कटु वृक्ष रोक देती है,
तब तक समय समाप्त हो जाता है।
और फिर सताती है -
मुलाक़ातों की यादें।
पुनः वहीं चक्र आरंभ हो जाता है
पर इस बार इस चक्र में कुछ और जुड़ जाता है
नज़रें मिलाना चाह रहे हैं दोनों
नया क़दम जीवन का उठना चाह रहे हैं दोनों,
पर फिर सामाजिक भय, भेद, रीतियां रोक देती हैं।
और फिर सताती है -
मुलाक़ातों की यादें।
अगली बार फिर यहीं से शुरू हो जाता है
इस बार कहानी का सही अर्थ समझ में आता है
जैसे दोनों आगे बढ़ते चले जाते हैं
उन्हें कोई रोक नहीं पाता है,
अंततः दोनों के साहस को सफलता प्राप्त हो जाता है।
फिर याद आता है और प्रसन्न कर जाता है -
मुलाक़ातों की यादें।

# प्रेम की समझ

मैं समझ नहीं पाया.. प्रेम को,
मन में जागृत होती थी इच्छाएं.. उसे प्राप्त करने की
मैंने उस पर अपना अधिकार जाना
और प्रेम को समझता रहा.. शारीरिक स्पर्श
जो कि आत्माओं का.. आभासी आलिंगन है।
मैंने आज जाना कि.. वो तो प्रेम था ही नहीं,,
और ना ही मैं प्रेमी,.. प्रेम करना बहुत कठिन है;
और उसे समझना जैसे.. मरुस्थल में जल की तलाश,
और मेरी समझ.. एक बटा अनंत से भी कम।

## एस एस परमार
## पहली मोहब्त

मेरे लिए तो सर्दी की चमचमाती,
धूप का एहसास हो तुम...!

गर्मियों की शाम में,
ठंडी हवा का सुकून हो तुम...!

मोहब्बत तो करता है हर इंसान,
पर मेरे लिए खुदा की इबादत हो तुम...!

# अमरू दिलवाला

## बहता जा रहा हूं

सांसों की तेरी गर्मी वहीं है,
अभी मुझे जो महसूस हुआ,
तेरे बदन की वो सारी खुशबू,
मेरे ज़हन में महफूज़ हुआ,
जब मेरी रूह तेरे रूह से मिली तो,
जिस्मों - दीवार गिर गए,
एक दूजे के भीतर हम लहरों की तरह,
कहीं बहुत दूर बह गए।
इतना कि ना उसको खुद की खबर ना हमको हमारी,
बस घुलते जा रहें हैं हम और आग लगे दुनिया में सारी,
लग गई है प्यार की हमको ये अदभुत बीमारी,
बर्फ सा अकड़ा था कभी,
पर सुकून ने तेरे हमको पिघला दी,
बहता जा रहा हूं अब रुकने ना कहीं मन नहीं करता,
हर अदा पसंद आती है और तंग करना भी तंग नहीं करता,
बहता जा रहा हूं अब रुकने का कहीं मन नहीं करता,
ये सांसे हुई तुम्हारी, मेरे सांसों में अब दम नहीं भरता,
रख लो अपने अंदर ही हर कण मुझसे यही है कहता,
बहता जा रहा हूं अब रुकने ना कहीं मन नहीं करता।"

# सौरभ सिंघाई

(1)

शिकायतें तो जमाने में अपने आप गूँजती हैं , तुम मुस्कुराहट की ग़ूज सुनाया करो .. तकलीफ़ हैं तो रोना नहीं ,हसने का हुनर ढूड लाया करो ! यूँही चलती हैं ज़िंदगी कोई हासता हैं तो कोई रोता हैं , कोई रूठा है तो कोई क़रीब हैं ..तुम जमानेकी परवाह मत किया करो , जो करना हैं कर जाया करो .. हर एक दिन तेरी सोगत बन कर तेरे साथ रहेगा , हर दिन ज़िंदगी जी जाया करो .. शिकायतें तो जमाने में अपने आप गूँजती हैं , तुम मुस्कुराहट की ग़ूज सुनाया करो ||

—

(2)

मोहब्बत किसे से कब हो जाए यह अंदाज़ा नहीं होता हैं ,<br>
यह तो वो घर हैं जिसका कोई दरवाज़ नहीं होता ,<br>
जो एक बार कोई मिल जाए इश्क़ करने वाला ,<br>
फिर उसके सिवा कोई गवारा नहीं होता

(3)

अब उसे शहर में तन्हाई बुहत हैं<br>
वह तेरी याद बुहत हैं

## अनीता पाठक

मैंने अब भी दिल की अलमारी में
कुछ यादों को सम्हाल रखा है
अतीत के उन पन्नों में आज भी
कुछ गिरहों को बाँध रखा है।

मिल आती हुँ कभी - कभी उन
लम्हों से
जिनमें जिया करती थी
अपने सपनों को
उन सपनों को आज भी मैंने
दिल के दराज़ में पाल रखा है।

मुस्कान सी आ जाती है
इन होठों पर
जब याद आती है वो तुमसे
पहली मुलाकात
उस मुलाकात की ख़ुशबू को
आज भी उस
रूहानी रूमाल में बाँध रखा है।

खोलकर कभी इस
अलमारी को
समेट लेती हुँ फिर से
उन यादों को
सहेज लेती हुँ फिर से
दिल के एक कोने में
वो एक कोना
इसलिये बचा रखा है।

लौट आती हुँ सब समेटकर

अपने आज में
गुनगुना लेती हुँ नग़मे
की तरह
उस साज़ को
जिसे सिर्फ दिल के तारों से
बाँध रखा है।
मैंने अब भी दिल की अलमारी में
कुछ यादों को सम्हाल रखा है।

## अभिराज गौतम

## प्रेमिका

चाल ऐसी जो दिलों पे छाए,
निगाहें ऐसी जो घटा बरसाए,
खूबसूरती ऐसी जो कहर ढाए,
सुन बोली हर कली खिल जाए,
वह एक चमकता सितारा है,
वह बड़े ख़ज़ाने का पिटारा है,
स्नेह से भरा है वह पिटारा,
क्योंकि वह प्यार हमारा है,
इंतज़ार तेरा था कबसे दिल में,
जो पूरा हुआ है इस महफ़िल में,
वह मानों एक खुली किताब है,
जिसके पास ज्ञान बेहिसाब है,
जो हर सायर का ख़्वाब है,
वह हर सवाल का ज्वाब है,
उसपे जितना कहूं कम लगता है,
पता नहीं क्यू वह इतनी लाजवाब है।

## आस्था पांडेय

## अधूरा इश्क़

वो अपने इश्क़ की नुमाइश करने आए ।
नज़रें झुका के अपनी उल्फत जताने आए ।

उन्हें मालूम है , ये इश्क़ मुकम्मल ना होगा ।
समुंदर एक , लेकिन किनारा अलग होगा ।

ज़िंदा तो होंगे , पर किसी और का सहारा होगा ।
शायद वक़्त की नज़ाकत में हमारा ज़ख़्म पुराना होगा ।

" और "
गहरी यादों में , छुपा एक आलम होगा ।

# खुशी साहू
# नजदीकियां

प्यार हो रहा था उसको मुझसे,
मुझे खबर तक ना होने दी,
वो हद में रहता भी कैसे,
मैं उसकी मोहब्बत जो थी,
नजदीकिया बढ़ सी रही थी रिश्ते में,
रिश्ता मजबूत होता जा रहा था,
हाँ मुझे भी उससे प्यार होता जा रहा था।
जो हद में हो वो प्यार कैसा,
जो तुमसे न कर सकूँ वो इज़हार कैसा ।
इज़हार भी तुमसे, इकरार भी तुमसे और टकराव भी तुमसे,
तुम भी मुझसे और मैं भी तुमसे मिलने लगे थे।
घुल रहा था प्यार दिल में,
धड़कने भी बड़ सी रही थी,
हद में रहकर प्यार करते भी कैसे,
प्यार था हद में  होता भी कैसे।

**नेहा झा**

## तुम

खुदा से जो मांगा वो ख्वाब हो तुम
मेरी शायरी के अल्फाज हो तुम
मैं हकीकत में जिसे पढ़ना चाहूं
वो किताब हो तुम
मेरी आंखों में जिसे सब ढूंढते हैं
वो आइना हो तुम
शराब से भी ज्यादा नशीली पदार्थ हो तुम
मुझमें मुझसे ज्यादा रहते हो
मेरे खयालो में बस तुम बसते हो
मेरी होठों की मुस्कान हो तुम
मेरे सपनो का जहां हो तुम
मेरी ज़िन्दगी मेरी जान हो तुम
मैं तेरी हूं और तुम मेरे हो।

## स्वाति मकवाना

(1)

जब मैं देखूं तुम्हें तो यूं, नजरें झुकाया ना करो
चांद का नूर भी ढलने लगा है यूं सज कर जाया ना करो ।

जब आंखों से छू लूं मैं तुम्हें ,तुम यूं शरमाया ना करो तारे भी
मचलते हैं तारीफ को यह नजाकत दिखाया ना करो

एकटक देखता रहूं तुम्हें तुम यूं इतराया ना करो बारिश की बूंदे
बेताब है तुम्हें छूने को यू आंचल लहरा या ना करो

सवार कर तुम अपनी जुल्फें हमें यूं जलाया ना करो झुमको का तुम्हे
छूना नहीं भाता कानों में यह बाली लगाया ना करो

सूट तो ठीक ही है पर यह साड़ी पहनकर हमें तड़पाया ना करो
बिंदी ही जचती है तुम पर बार-बार कहलाया ना करो

# आयुष्मान बाबा
# सपनो की राजकुमारी

जब जब आसमान में काले बादल छाए , मौसम भटकने सा लगा , अचानक सुकून भरी हवाए चलने लगी ! ये काली घटाए भी अपने रूआब में आ गयी और हवाए भी तेज तेज चलने लगी ! चिड़ियाएं जोर जोर से चहकने लगी , मानो पक्षी भी इस आस में बैठे थे कि कब मौसम आसमान में करवट लेकर अपना ""मोह"" मेरी ओर फहलाये ! तभी आसमान से मोतियों के रूप में मद्धम मद्धम बारिश गिरने लगी , मानो मेरी ""सपनो की राजकुमारी"" की एक हँसी से ये सारा का सारा माहौल बेचैन हो उठा हो ! जब जब बारिश गिरती तब तब मेरी नज़रे उसके ""बेहद खूबसूरत"" चेहरे को निहारती ! एक ओर वो हस रही थी तो दूसरी ओर मौसम भी जोरो से अपने ""रूआब"" पर था ! यह नजारा देख मैंने तो ""अपने सपनो की राजकुमारी"" को ही प्रकृति मान लिया था , जैसे उसकी खूबसूरती का और इस प्रकृति का आपस मे ही मिलन हो रहा हो ! और मैं अपने ख़्वाबों में बैठा इस बेहद खूबसूरत नज़ारे को बड़े सुकून से ""निहार"" रहा था क्योंकि इतनी बेपनाह खूबसूरती को पाना मेरे ""बस"" में कहां था ! मैं तो सिर्फ अपनी उस ""सपनो की राजकुमारी"" को अपनी कल्पना का एक खूबसूरत ""चित्र"" बना चुका था ||

# दीपक अंदुरे
# उसकी मुस्कान

कभी ना देखी प्यारी ऐसी, उसकी मुस्कान मे कोई बात तो है
वक़्त ठहर जाये लम्हा लम्हा, उसके साथ मे कोई बात तो है

किताबो के वो अनोखे किस्से ना देखे कभी इस दुनिया मे
जिस लहजे से उसने सुनाये, उस नजरिये मे कोई बात तो है

सोच अलग, खयालात अलग है
दोनो की हर एक बात अलग है
पर दों जिन्दगी जीने की भी,
फिर अपने आप मे बात अलग है

एक नजरिया काफी नही, अब इस भीड़ की पहचान को,
एक और जो मिल जाये, तो जिन्दगी मे कोई बात तो है

अधूरी है इश्क़ बिना, ये जान भी और जहान भी
उससे मिल कर ही जाना, तो इस मुलाकात मे कोई बात तो है

मिले नही हम किस्मत से, जो पास लायी वो मुस्कान उसकी
कभी ना देखी प्यारी ऐसी, उसकी मुस्कान मे कोई बात तो है

## सलोनी अग्रवाल

## राष्ट्रभाषा

भाषाएं तो और भी बहुत सीखी,
पर हिन्दी जैसा मीठापन नहीं किसी में।
बोलियां तो और भी बहुत बोली,
पर हिन्दी जैसा अपनापन नहीं किसी में।

इसके तू में भी मान है।
इसके आप में भी सम्मान है।
इसके हर वर्ण में बसा
अपना भारत महान है।

इसलिए तो हिन्दी,
अपने देश का गौरव है।
अपनी राष्ट्रभाषा का अधिकार है।"

# प्रशांत पाण्डेय
# श्यामल तन पै नील स्याह

श्यामल तन पय नील स्याह
सोहत शतदल नील गगन,
संग सुंदरी रानी हिय राधा
पीत छटा बिखराए तन।

साज मुरलिया अधरन पयि
श्वांसन की फुंफकार भरत,
पंखुड़ियां ज्यों डोलत गिरिधर
खिल बांसुरिया राग करत,
बरसाने करकमलन की गंध
पावत बहके सारा प्रांगन,
श्यामल तन पय नील स्याह
सोहत शतदल नील गगन।

केश लटाए भुजन पय लटके,
करत सुशोभित तिलक ललाट,
नैनन भौं बिच हरद अलंकृत
डोलत जइसन नयन कपाट,
रुक्मणि बिसरे श्याम शलोने
आखन पै बृषभानुजा दरपन,
श्यामल तन पय नील स्याह
सोहत शतदल नील गगन।।

कम्बुग्रीवा पय अधर बिम्ब औ
गाढ़ गुलाबी उत्फुल्ल अधर,
परात्परतरा हिय नदियन पै,
तैरत उठत प्रेम मय लहर,

लगाय टकटकी मयूर खीजत
पाय अइसन मनरम दरशन,
श्यामल तन पय नील स्याह
सोहत शतदल नील गगन।।

## मुस्कान बासलस
## प्रेम का वो ढाई आखर

प्रेम का वो ढाई आखर,
एक मेरा और एक तुम्हारा
और आधा उस डोर का
जो मुझे और तुम्हें जोड़े हुए है।
आधा इसलिए क्यूंकि,
अधूरा है तो खुशी की वज़ह है।
अतः प्रेम अधूरा ही बेहतर है
पूर्ण हुआ तो कहानी बन जाएगा
क्यूंकि पूर्णता समाप्ति है।"

## प्रीति हनुमंडला
## कुछ तो है तुम्हारे और मेरे दरमियां

कुछ तो है तुम्हारे और मेरे दरमियां,

अब तक हमारी अच्छे से कोई मुलाकात ना हुई
अब तक हमारी ढंग से कोई बात भी ना हुई

मगर फिर भी ऐसा लगता है कि

कुछ तो है तुम्हारे और मेरे दरमियां
कुछ अजीब,कुछ सच्चा और कुछ सुंदर,

कुछ तो है तुम्हारे और मेरे दरमियां
जो मुझे कभी तन्हा महसूस होने नहीं देता,

कुछ तो है तुम्हारे और मेरे दरमियां
जो मुझे कभी किसी और का होने नहीं देता!||

---

वैसे तो मुझे तुम्हारी याद हर रोज आती हैं,
हर वक्त आती हैं लेकिन कुछ दिन ऐसे होते हैं

जब मुझे तुम्हारी याद बेहद ज्यादा आती हैं।
और ऐसे दिनों पर तुमसे बातें करने का मन

तो बहुत करता हैं लेकिन कर नहीं पाती।
क्योंकि इसके पहले मैंने कभी किसी को

इतना चाहा नहीं है,किसी को इतना मिस्स किया नहीं है।

## अलंकृता

जब भी तुम्हारी याद बेहद ज्यादा आती हैं,

मेरे दिमाग में हर वो बात घूमती रहती हैं
जो अब भी तुमसे कहना बाकी हैं।
मुझे हर वो मुलाकात याद आती हैं जब
मैं तुमसे मिलने तो आती थी मगर वहा तुम नही

बस तुम्हारे होने का एहसास होता था।

## रीना यादव
## तुमने कहाँ था नही जाओगे

कश्ती के किनारों के बीच राह मे,
मुझे अकेला छोड़ तुम चले गए |

दिल की चाहत तेरी वह मुस्कुराहट,
मेरे जिंदा दिल को यू गत बनाकर तुम चले गए |

मेरा यह प्यार तेरे संग बीता हुआ हर त्योहार,
अधूरे वादे पूरे कर तुम चले गए |

खुद को मेरे पास बतलाकर ,
उन सितारों के पास तुम चले गए |

यादों का एक प्यार सा महल बनाकर,
मुझे अकेला छोड़ तुम चले गए।

## प्रतीक राज

रेला लगा हुआ है तेरे चाहने वालों का सनम
नज़र-ए-करम के इंतज़ार में बैठे हुए हैं हम

ख़बर नहीं है तुझको ऐ मल्लिका-ए-हुस्न
आशिक़ी में तेरी कबसे फ़ना हुए हैं हम

काँच सा जिस्म तेरा महकता हुआ बदन
गुलाब से लब तेरे जिसपे मर मिटे हैं हम

चला देते हो यूँ ही तुम नैनों के जो तीर
जाता तुम्हारा कुछ नहीं पर घायल हुए हैं हम

मोहब्बत भरा दिल मेरा पाकीज़ा है इश्क़
एक तेरी आरज़ू में कबसे दीवाने हुए हैं हम...

# सbr

(1)

ख़ूबसूरत तुम हो
कम हसीन हम भी नहीं,
अपने अक्स में तुम्हें
मेरा भी चेहरा नज़र आएगा,
कभी गौर से आईना तुम देखो तो सही।

–

(2)

चाँद मुन्तज़िर है कबसे
य़े सितारें भी आशना हैं,
रात मुकम्मल हो जाएगी
बस तुम्हें खिड़की पे आना है।

–

(3)

कायदे हमारे हैं
इश्क के नहीं,
हाँ अलग है उनकी पसंद
अलग है उनके प्यार करने का ढंग,
उनके अलग होने से
ना हम अंजान हैं
और ना उन्हें इसका गुमान है।

www.ingramcontent.com/pod-product-compliance
Ingram Content Group UK Ltd.
Pitfield, Milton Keynes, MK11 3LW, UK
UKHW022004190726
13853UKWH00004B/1727

9 789390 416097